中国小小说名家档案

永远的隔壁

刘立勤◎著

光明日报出版社

图书在版编目（CIP）数据

永远的隔壁/刘立勤著．—北京：光明日报出版社，2010.8（2016.5 重印）
（中国小小说名家档案）

ISBN 978-7-5112-0837-8

Ⅰ.①永… Ⅱ.①刘… Ⅲ.①小小说—作品集—中国—当代 Ⅳ.①I247.8

中国版本图书馆 CIP 数据核字（2010）第 162261 号

永远的隔壁

◎著　　者：刘立勤

◎责任编辑：朱　宁　　　　　　　　　封面设计：叁棵树
◎责任校对：徐为正　　　　　　　　　责任印制：胡　骑　宋云鹏

◎出版发行：光明日报出版社
◎地　　址：北京市崇文区珠市口东大街 5 号，100062
◎电　　话：010-67078243（咨询），67078990（发行），67019571（邮购）
◎传　　真：010-67078227，67078233，67078255
◎网　　址：http://book.gmw.cn
◎E-mail：gmcbs@gmw.cn　zhuning@gmw.cn
◎法律顾问：北京德恒律师事务所龚柳方律师

◎印　　制：北京一鑫印务有限责任公司
◎装　　订：北京一鑫印务有限责任公司

本书如有破损、缺页、装订错误，请与本社发行部联系调换

◎开　　本：720×1000　1/16
◎字　　数：180 千字　　　　　　　　印　张：12
◎版　　次：2010 年 9 月第 1 版　　　印　次：2016 年 5 月第 2 次印刷
◎书　　号：ISBN 978-7-5112-0837-8
◎定　　价：25.00 元

一种文体和一个作家群体的崛起

——《中国小小说名家档案》序

　　最近几年，由于工作的关系，我开始接触并关注小小说文体和小小说作家作品。在我的印象中，小小说是一种非常古老的文体，它的源起可以追溯到《山海经》《世说新语》《搜神记》等古代典籍。可我又觉得，小小说更是一种年轻的文体，它从上世纪80年代发轫，历经90年代的探索、新世纪的发展，再到近几年的渐趋成熟，这个过程正好与我国改革开放的30年同步。我觉得这是一个非常有意义和非常有意思的文化现象，而且这种现象昭示着小说繁荣的又一个独特景观正在向我们走来。

　　首先，小小说是一种顺应历史潮流、符合读者需要、很有大众亲和力的文体。它篇幅短小，制式灵活，内容上贴近现实、贴近生活、贴近群众，有着非常鲜明的时代气息，所以为广大读者喜闻乐见。因此，历经20年已枝繁叶茂的小小说，也被国内外文学评论家当做"话题"和"现象"列为研究课题。

　　其次，小小说有着自己不可替代的艺术魅力。小小说最大的特点是"小"，因此有人称之为"螺丝壳里做道场"，也有人称之为"戴着镣铐的舞蹈",这些说法都集中体现了小小说的艺术特点,在于以滴水见太阳,以平常映照博大,以最小的篇幅容纳最大的思想,给阅读者认识社会、认识自然、认识他人、认识自我提供另一种可能。

还有非常重要的一点,小小说文体之所以能够迅速崛起,离不开文坛有识之士的推波助澜,离不开广大报刊的倡导规范,离不开编辑家的悉心栽培和评论家的批评关注,也离不开成千上万作家们的辛勤耕耘和至少两代读者的喜爱与支持。正因为有方方面面的共同努力形成"合力",小小说才得以在夹缝中求生存、在逆境中谋发展。

特别是2005年以来,小小说领域举办了很多有影响力的活动,出版了不少"两个效益"俱佳的图书,也推出了一批有代表性的作家和标志性的作品。今年3月初,中国作家协会出台了最新修订的《鲁迅文学奖评奖条例》,正式明确小小说文体将以文集的形式纳入第五届鲁迅文学奖短篇小说奖的评奖。而且更有一件值得我们为小小说兴旺发展前景期待的事:在迅速崛起的新媒体业态中,小小说已开始在"手机阅读"的洪潮中担当着极为重要的"源头活水",这一点的未来景况也许我们谁也无法想象出来。总之,小小说的前景充满了光耀。

在这样的历史背景下,《中国小小说名家档案》的出版就显得别有意义。这套书阵容强大,内容丰富,风格多样,由100个当代小小说作家一人一册的单行本组成,不愧为一个以"打造文体、推崇作家、推出精品"为宗旨的小小说系统工程。我相信它的出版对于激励小小说作家的创作,推动小小说创作的进步;对于促进小小说文体的推广和传播,引导小小说作家、作品走向市场;对于丰富广大文学读者特别是青少年读者的人文精神世界,提升文学素养,提高写作能力;对于进一步繁荣社会主义文化市场,弘扬社会主义先进文化有着不可估量的积极作用。

最后，希望通过广大作家、编辑家、评论家和出版家的不断努力，中国文坛能出更多的小小说名家、大家，出更多的小小说经典作品，出更多受市场欢迎的小小说作品集。让我们一起期待一种文体和一个作家群体的崛起！

中国作家协会党组成员、书记处书记

中国作家协会副主席

中国作家出版集团管委会主任

目 录

作品荟萃

揭不开的红盖头 ……………………………………（1）

女 人 ………………………………………………（4）

叫我一声"哎" ……………………………………（7）

童非的雪莲 …………………………………………（9）

永远的隔壁 …………………………………………（12）

征 婚 ………………………………………………（14）

爱的诺言 ……………………………………………（16）

今夜无人喝彩 ………………………………………（19）

一个完美主义者的爱情 ……………………………（22）

游 戏 ………………………………………………（25）

碎 片 ………………………………………………（28）

纯情女子 ……………………………………………（30）

冰棍儿 ………………………………………………（32）

打造男人 ……………………………………………（34）

红樱桃 ………………………………………………（37）

爱在画中 ……………………………………………（40）

恋爱中的男人 ………………………………………（43）

恋爱中的女人 …………………………………… (45)

六指的爱情 ……………………………………… (47)

爱是一支烟 ……………………………………… (49)

有虫眼的豆子 …………………………………… (51)

守林子的树桩 …………………………………… (54)

四　奶 …………………………………………… (57)

打锦鸡 …………………………………………… (60)

没有篱笆的果园 ………………………………… (62)

名　字 …………………………………………… (65)

老坎的麦田 ……………………………………… (67)

拐伯的牛 ………………………………………… (69)

家　事 …………………………………………… (72)

秋　猎 …………………………………………… (75)

犁　地 …………………………………………… (78)

老　枪 …………………………………………… (80)

讨口彩 …………………………………………… (83)

放牛的三爷 ……………………………………… (86)

蛮子和蛮子他哥 ………………………………… (88)

遗　言 …………………………………………… (91)

狼 ………………………………………………… (93)

绝　技 …………………………………………… (96)

何先生 …………………………………………… (101)

黄老八 …………………………………………… (104)

"同济堂"的邬先生 ……………………………… (107)

爷爷生命中的那一刻 …………………………… (110)

八　爷 …………………………………………… (113)

"老白干"情结 …………………………………… (115)

村长家的猪 ……………………………………… (117)

报　答 …………………………………………… (119)

回　乡 ……………………………………… (122)

对　手 ……………………………………… (124)

爱好领导的爱好 …………………………… (126)

感觉越来越好 ……………………………… (128)

编故事 ……………………………………… (130)

画　殇 ……………………………………… (132)

刘三进城 …………………………………… (135)

刁　民 ……………………………………… (137)

告　状 ……………………………………… (140)

扶　贫 ……………………………………… (142)

狗日的村长 ………………………………… (144)

开　会 ……………………………………… (147)

局长住过的房子 …………………………… (149)

考　察 ……………………………………… (151)

到底没有躲过 ……………………………… (153)

轻　松 ……………………………………… (155)

他为什么下岗 ……………………………… (157)

食物链 ……………………………………… (159)

抄　袭 ……………………………………… (161)

苦命的人 …………………………………… (163)

■ 作品评论

爱情越来越复杂 ………………… 芦芙荭 (165)

戳破心灵上的白纸 ……………… 熊申静 (170)

拯救灵魂 ………………………… 廖锡其 (172)

中国小小说
名
家
档案

■ **创作心得**

结缘小小说 ·························· 刘立勤 (175)

■ **创作年表**

创作年表 ···································· (177)

揭不开的红盖头

日后五婶说，从红盖头搭上头的那一刻，她就巴望着五叔来揭。好容易熬到天黑，梆子响了三遍了，五叔才闩上门。五婶知道，五叔要揭红盖头了。五婶心跳得欢，像那梆子敲。捂住心，她想：等五叔揭开红盖头，就美美咬他一口，然后紧紧抱住他，一辈子也不离开他。

从门到床很近，也很远，五婶还是听见五叔一步步走向自己。她感到五叔捏住了红盖头的一角。霎时，五婶身子软了，有泪从眼中涌出。泪眼中，红盖头已掀起一角。

可是，前院传来"啪啪啪啪"的打门声和叫骂声。五婶心里一惊，看见那掀起的一角又搭拉下来。只听五叔叹口气，打开门，走了出去。

五叔走出去后，就再也没有回来。

五叔被抓了壮丁。

五婶想，既然是被抓了壮丁，不定哪天就要回来。闲了，五婶坐在床边，顶着红盖头，等着五叔回来揭。偶尔一声狗吠，或者院子里一丝声响，五婶都以为是五叔回来了。五婶急忙坐好，拽拽衣角，焦急而又耐心地等待。过了好久，早没了声响，五叔也不见回来。直到鸡叫三遍，五婶才擦去泪，上床睡觉，又期盼着明天。日子就这样一天天熬过，五叔却不见回来。

五叔不回来了。解放时，五叔到了台湾。五婶没文化，不知道台湾在哪儿，依然坐在床边，顶着红盖头，等着五叔回来揭。爷爷、奶奶见了，心里好苦，就劝五婶改嫁。五婶听罢，哭得天昏地暗。擦干泪，五婶说她要等着，她还说，五叔只要活着，就会回来。末了抱起我，叫我喊声"五婶"，我喊了声"婶"，她却哭了。湿湿的泪水滚进我嘴里，又涩又咸。

以后的日子，我和五婶为伴。

每天，五婶从地里回来，做完家里的活计，就拿出红盖头，坐在床边，一动不动，等着五叔回来揭。那时，我很小，觉得很奇怪，不知道等五叔为啥要顶着红盖头，就问五婶。

"五婶，顶的啥？"

"红盖头。"

"顶着它做啥？"

"等你五叔回来揭。"

"五叔呢？"

"就回来了。他揭了红盖头我才是你的五婶。"

我不明白红盖头为什么要等五叔回来揭，五叔回来五婶才是五婶，就痴痴地望着五婶头上的红盖头，望着五婶姣好的身子发呆。末了，只听五婶叹口气，说：

"你来揭，我等急了。"

于是，我轻轻走过去，捏住红盖头一角，五婶急忙抓住我的手，把我拉进怀里，呜呜地哭了。我就紧紧地抱住五婶，依偎在她温暖的怀里。过了好久，五婶就一次一次讲述结婚夜里的故事，讲述后来的苦愁，讲述五叔的千般好处。我睡着了又醒来，五婶仍然顶着红盖头坐在床边。五婶在等五叔，等五叔回来揭红盖头。可是，五叔一直没有回来，也没有男人进过五婶的门。

后来，满世界都热闹起来，满世界的人都戴上了红圈圈。戴红圈圈的人多了，红布就成俏货。不知是谁多句嘴，一群红圈圈砸开五婶的门，向五婶要红盖头做红圈圈。五婶不给，五婶把红盖头藏在我身上。眨眼，五叔就成了"特务"，成了"坏蛋"，五婶也成了"女特务"、"女坏蛋"。他们把五婶拉去大会批小会斗，戴高帽子游街。五婶不在乎，还是不给。五婶说戴高帽子游街没啥，只要红盖头在，日后五叔回来好揭。说着，从我身上掏出红盖头顶在头上，等着五叔回来揭。到了鸡叫三遍，五叔还没回来，五婶想起五叔的千般好，就哭了。时间一日日地过去，泪水洗去五婶往昔的风韵，留下满脸的苍凉，五婶老了。

再后来，五叔从台湾来了信。五叔信上说，他是单身，他等着五婶。病倒多年的五婶听了，奇迹般地好了。她捧起红盖头，却已没了眼泪。日子也好了，五婶很快收拾好昔日的洞房，打扮得清清爽爽，坐在床边，顶着红盖头，巴望着五叔回来。天亮盼着天黑，天黑盼着天亮，日复一日，年复一年，红盖头仍旧顶着，五叔还没回来。

　　五婶终究老了，等不住了，又病倒在床上。五婶摸出红盖头，顶在头上。五婶说，死了也盖着，带到阴间去，你五叔要揭的。五婶说完就咽了气。我知道，红盖头里五婶的眼睛一定睁得很圆很圆，五婶盼着五叔呢。

　　五叔回来的时候，五婶的坟上长满青乎乎的草。五叔就给五婶修了墓，又在五婶墓的左边给自己修了墓，两墓间用三尺长的红绸子连着。五叔说，他要把五婶领进洞房，给五婶揭红盖头。五婶盼着呢。

　　我知道，五婶盼了一生。我想，红盖头揭开时，五婶一定很年轻。

女 人

　　女人靠着门框，手抚着小腹，幽怨地望着清浅的河湾，望着那岿然不动的石头，她看见了日夜思念的男人。像二十年前一般模样，只是手里多了一串欢蹦乱跳的鱼儿，向她飞来，捏捏她的下巴颏儿。顿时，她感到一阵慌乱的喜悦，脸上泛起潮红。她抬起手，揉揉泪水迷蒙的眼睛。男人走了，什么也没有了。擦去眼泪，她呆呆地靠着门框，想起二十年前。

　　那一年是寡妇年，女人和男人结了婚。准确地说是大雨过后的第七个黄昏，男人来到女人家，把女人放倒在柴禾垛上。一阵咯吱咯吱的响声，一阵疼痛和一阵死去活来，男人把女人干了。后来，女人盯着微微发喘的男人，好久好久。

　　"我把我给你了。"女人说。

　　"你把我拿去了。"男人说。

　　说着，女人像蛇一样去咬男人的嘴，咬他的鼻尖，咬他的下巴颏儿，咬他的……

　　日后，女人发现两个月没有来红，知道怀上了。又一天，男人抱起女人，抛上丢下。

　　"轻点，死鬼。有了。"女人娇嗔地说。

　　"有啥了?"男人放下女人，疑惑不解。

　　"怀上了。"女人羞涩地一笑。

　　"啊，怀上了!"

　　男人笑了。那粗大的手竟也学会了温柔，轻柔地在女人光洁细腻扁平如初的肚皮上抚摸起来，生怕惊醒了他们的儿子。接着，男人把耳朵紧紧贴在女人的肚皮上，一脸的惊喜，一脸的希望。男人听到了女人的心跳，也似乎听见了儿子的欢笑，听见了儿子的呼唤。

"听，儿子在喊爹。"男人说。

"不，女儿在叫娘。"女人说。

"是儿子，你听，他说爹，我俩去砍柴。"男人说。

"是女儿，你听，她说娘，我们割猪草。"女人说。

女人想到这儿，抹把眼泪，擤把鼻涕，又想起那天早晨。

那天早晨吃的是酸菜糊汤。饭是男人做的，女人最爱吃的。可女人没吃几口，就吐了。坚持再吃，还是吐了。男人很着急，况且脸上的红晕早已不知去向，只是蜡黄，还生出许多花斑。男人知道需要调养，可是白米细面没有，唯一一只母鸡早已当尾巴割了。男人拧过头，望望窗外的小河，有了主意。

"嘿，我去炸几条鱼，给你补补身子。"男人摸摸女人的脸。

"不，那太危险。再说，腥不拉叽的。"女人说。

"坚持吃，为了儿子。"男人指指女人的小腹。

"我去帮忙。"女人低下头，说。

"你在家好好领着儿子。"男人说。

男人走出门，女人靠着门框，抚摸着小腹给男人领着儿子。男人捏捏女人的下巴颏儿，走了。一走就再也没有回来。

男人死了。

男人点燃炸药包时，想起了心上的女人，忘了丢炸药包，炸死了。男人死时，呼唤着女人的名字。叫她领好儿子。

于是，在呼天喊地的嚎哭之后，女人靠着门框，手抚着小腹，在梦幻中与男人会面，期待着男人捏捏她的下巴颏儿。这时，她便有了慌乱和喜悦，有了希望和追求，也能享受到男人的温存和抚爱。虽然过后是加倍的痛苦，但她忘不了大雨过后的第七个黄昏，忘不了那柴禾垛，忘不了男人趴在小腹上谛听时的神情，忘不了那"轰"的一声巨响。她就那样站着，靠着门框，抚着小腹。从扁平，到渐渐隆起，再到松弛，一站二十年，风雨无阻。

二十年后，女人仍然靠着门框，抚着小腹，回想着二十年的凄苦。

女人肚子瘪了，却大哭起来。自从男人死后，她多么希望生个男孩，给那苦命的男人传一脉香火。为了生儿子，她提心吊胆烧香许愿。没想到生了个女孩，连个烧纸上坟的人都没有。女人好悔呀，为什么当初硬说是女孩呢。

女人是十里八乡一枝花。媒婆子踏断了门槛，她从未松口。她心上有男人，不要别的男人。况且男人每天都要来看看她，捏捏她的下巴颏儿。生下女孩后，女人更坚定了。她要养大女儿，招个女婿，给男人续上一脉香火。

女人拒绝了一切男人，含辛茹苦地养着女儿。白天，劳累奔波，晚上，抱着女儿想男人。常常把女儿哭醒，吵碎夜的宁静，吵碎女人的心。后来，她就抱着枕头睡。醒来，枕头湿了半截。

漫漫的长夜漫漫的二十年，女儿长大了。给女儿招了女婿，一切都在好转。

可是，女儿的男人又死了。也是为了给他女人炸鱼。

女人为了给男人留下一脉香火，给女儿好说歹说，生下孩子。女儿不愿像女人一样生活，终于流了产。并且还给女人领回一个男人。

多年没有单独和男人在一起了，很别扭。女人一直低着头，想着死去的男人，瞥瞥眼前的男人。她想拥有一个男人，她想拥有一个女人拥有的一切。但她忘不了那死鬼，也不能忘了。虽然这个男人长得好，是个干部。还大胆地捏捏她的下巴颏儿，引起了一阵慌乱的喜悦，还是被她撵了出去。

她只能属于死去的男人。女人想。

女人靠着门框，手抚着小腹，看着那清浅的河湾，望着那岿然不动的石头，等待着男人捏捏她的下巴颏儿。

女人抹把泪，依然站着。

女人还会站着。

直到死。

叫我一声"哎"

郝文爬上山垭时，一丝风顺着坡边吹过来，他就有了一种异样的感觉，好像山妞的发梢不经意地掠过自己的脸。回头看看身后，山妞正向自己走来，迎面的风里也多了一丝山妞的馨香。郝文的心里犹如蚂蚁蜇过，轻飘飘地痛。

郝文是城里人，师范毕业后被分到村小做教师，一教就是几年，起初的不平和忿恨就像用过的粉笔，都化成粉尘消失了，记忆中的是孩子们一张张纯朴的笑脸和一声声稚气的声音。那些笑脸和稚气的声音又织成一张网，网住了郝文。郝文在那张网上挣扎时，又认识了高中毕业刚刚回乡的山妞。山妞那幽幽的一丝浅笑和一声甜甜的"老师"，就勾住了郝文的手脚，郝文就身不由己地跳进了山妞那双能淹死人的眼睛里。

沉浸在山妞的眼睛里，郝文觉得很美气，美气得他生生是不愿出来，美气得他沉浸在那份美气之中不愿意出来时，山妞就会情不自禁地喊一声"老师"。山妞的声音很甜，山妞的笑脸也很诱人，但那"老师"的称谓确是让人恼火。平日里，郝文是极喜欢这个称呼的，一声"老师"让他亲切让他幸福，独独在山妞面前他不喜欢，他不喜欢山妞叫他"老师"。让山妞叫他什么呢？他又说不出，只好在山妞不在身边的时候独自生气，生闲气。

有过许许多多的美气，又生过许许多多的闲气，郝文的心里终于有了一个主意：约山妞一起去看青云观。青云观的道士没了，青云观的神像也走了，青云观也没了香火，青云观就成了离村子最远也是最清静的地方。在这里，郝文也碰不上学生家长；在这里，郝文遇不上自己的学生。他想，在这里没有别人喊"老师"了，山妞总该叫一声别的什么吧。

可是，在去青云观的路上，山妞还是一口一声地喊"老师"，郝文的好心境一声一声地就没了。气得他一口气上了山崖，把山妞和"老师"远远地甩在身后。

坐在青云观的青石板上，看着山妞脸上细细密密的汗珠，听到山妞的出气声，郝文心疼地想喊一声"山妞"。但他一想到该死的"老师"，他生生是忍住没喊，他担心山妞又跑回去捡回那声"老师"。郝文心里的气就消了。消了气的郝文真想做出一点男人本该要做的事情，可他没做，转过身就走了。他觉得自己有点怕山妞了，怕山妞喊他"老师"。

这次山妞没喊，好长时间了山妞也没喊。没喊了，郝文的心里又有一点空落落地慌，回头去看山妞，山妞却抿着嘴笑。

"怎么不喊老师呢?"郝文忍不住问。

"不喊。"山妞说。

"为什么?"郝文问。

"我爷爷说，在坟地和庙观里不能喊别人的名字，喊了谁的名字，山神野鬼就会勾去他的魂魄。"山妞说。

"哦……"郝文一惊又一喜，说，"那么你叫我什么呢?"

"你说呢?!"山妞低下了头。

"叫我一声'哎'，好吗?"

郝文说罢，山妞的脸"刷"地就红了，这可是山里女子呼唤男人一辈子的称呼呀。山妞抬起羞红的脸，郝文正一脸真诚一脸渴望地看着自己，山妞张了张口，轻轻地轻轻地喊了一声"哎"；郝文听了，就高声地应了一声"哎"。一低一高的声音惊醒了四周的鸟儿，也惊喜了两颗萌动的心。老阳儿就躲在山后偷着乐去了，他们就沉浸在这"哎"声里拔不出来。

童非的雪莲

手握着这件美丽的礼品，童非的心就如被谁用针刺了一般。他想起了雪莲。

还记得第一次见到雪莲的时候，就觉得自己的心像被谁用针刺了一般，如瀑的黑发，俏丽的侧影，真是美得让人心疼。可是，等雪莲转过头面向自己，童非的泪就悄然滑落下来。他没有想到雪莲的眼睛会是那样，童非感到了一种刻骨的痛。雪莲并不知道童非瞬间的变化，伴随着悦耳的笑声，她熟练地给童非倒上茶水，摆上果盘，童非这才擦去眼角的泪水，说了一声"谢谢"。

以后的日子，童非的眼里始终闪现着雪莲美丽的侧影和无神的目光，他怨恨上帝为什么要这样无情。后来，他知道雪莲一出世就没见过光明，没见过太阳，没见过月光，更不用说万紫千红的世界，雪莲的眼里充满了黑暗。童非曾问雪莲的父亲，雪莲的父亲说找人看过，也进过省城，也到过北京，可那些专家都说雪莲的眼病目前无法医治。童非并不相信，童非就把雪莲的病情告诉自己在北京、在上海以及留学国外的同学，托他们询问一个治疗的信息。上海的信回来了，北京的信也回来了，远在美国的信息也传了回来，这些信都重复了一个共同的信息，目前还无法医治雪莲的眼睛。

既然无法医治雪莲的眼睛，童非就想帮助雪莲做一点什么。雪莲太美了，美得令人爱怜。谁都想为她做点什么。帮助雪莲做点什么呢？童非还没有想出来，雪莲却为他做了很多很多。雪莲帮他做饭，帮他洗衣，还在他苦闷的时候给他唱那很美很美的山歌。他在生活上不仅没有给予雪莲一点帮助，反而给雪莲增添了许多麻烦，弄得童非心里很是过意不去。于

9

是，想帮雪莲做一点什么的想法更加急切了。那么，做点什么呢？童非就想帮雪莲识字，因为祖父的缘故童非是认识盲文的。

给雪莲教学的日子，童非是一生都不会忘记的。他没有想到雪莲对文字的渴求是那样急切。童非有空儿了，她就缠着童非教她识字、写字，就是手指磨破渗出一滴滴的血珠，她仍然不愿停歇。手握着雪莲纤巧瘦弱又滴着血的手，童非的心里就有一种说不出的感觉。好在雪莲真是冰雪聪明，仅仅半年的时间，雪莲就掌握一万多个盲文单词，雪莲还用盲文给他写了一封情真意切的感谢信。一字一字读完那封信，童非哭了，长长的泪水流出来，厚厚的纸模上就有了一层淡淡的血雾，童非长长嘘了一口气。

每天放学，童非就带着雪莲趟过小河，爬上高山，徜徉在密密的森林之中。童非指导雪莲感受水的纤柔，感受大山的雄浑，领略云的逍遥，享受自然的馈赠。雪莲原本黑暗的世界里，现在拥有了阳光，拥有了温暖，拥有了花香鸟语，拥有了万紫千红。每每听到雪莲讲述自己对大自然的体察与感受时，他发现雪莲无神的目光灼灼生辉了，童非心中顿生一股说不出的幸福。这时，童非发现自己爱上雪莲了，他真想走上前去，拥着雪莲，千遍万遍地亲她吻她。但他没动，他想让雪莲自己去感觉，去体味自己的爱情；他要让雪莲感觉自己是真心喜欢她，真心地爱她，不是怜悯，更不是施舍。

童非在帮助雪莲理解自然界的万事万物时，又把雪莲领进艺术世界。他教雪莲品味音乐的神韵，他指导雪莲理解绘画的寓意，无论多么复杂多么晦涩，他发现自己总可以给雪莲解说得清清楚楚。童非有时感觉自己就是上帝派来帮助雪莲的。童非真想把这一感受告诉雪莲，可一看到雪莲纤尘不染的幸福神情，他就住了口。他又找来优美的爱情小说，要么自己深情地给雪莲朗诵，要么翻译出来让雪莲自己品味。每到这时，他发现活泼可爱的雪莲变得恬静羞涩了，他知道雪莲已经了解了爱情，她也许在等待爱情的到来，也期待着爱情的甜蜜。

两年过去了，童非发现雪莲成了一个绝顶聪明的女孩，她不仅学会了盲文，学会了欣赏音乐，还学会了写文章。童非用指头读完雪莲创作的那篇充满哀伤和幽怨又情意绵绵的文章后，高兴地哭了。望着雪莲满是泪水和忧郁的俏脸，他握着雪莲的小手来到了河边，他知道雪莲也品味到自己的爱了，自己的爱情也到了收获的季节。望望天上的游云，看看身边的雪莲，童非终于说出心中已说过千遍万遍的话语：

"雪莲，嫁给我吧，我盼了很久了。"

童非说罢，发现雪莲的泪水汩汩而流。童非伸手把雪莲拥在自己的怀里，又说："雪莲，我是真心的。"雪莲听了，擦去满脸的泪水，忘情地吻着童非。吻罢，雪莲什么也没说，像鱼儿一样滑走了，滑走后再也没有回到他的身边。

三天后，雪莲在他的泪水中嫁给邻村一个死了妻子的中年男人。他呢，就带着对雪莲的爱和疑惑离开了小村。

三年过后，当童非得知雪莲生下一个双目乌黑发亮的漂亮女孩后，他也准备和一个长得和雪莲一样美丽的城里女孩结婚了。在结婚的前夜，他收到雪莲一件礼物。这是一方刺绣：并蒂莲绿油油的嫩叶，红艳艳的花儿，生在一方心形绸布上，是那么的和谐，那么的美好。他不知道雪莲为了绣好这方并蒂莲费了多少时间，但他知道这方刺绣凝聚了雪莲一生的情和一世的爱。

永远的隔壁

房子的间墙上有一扇窗，窗上糊着白纸。白纸不隔音，两边都可以听到对方的声音，一声叹息，掉一根针，都脆响。况且窗上又没栓子，毫不费力就可以推开，推开了，又是以前那好美好美的日子。可是，五年了，那好美好美的日子只在两边的期待中。

原来，这窗是门，是通往幸福的一扇门。后来，也不知咋的，女人把门拔了，安上窗。男人想：女人胆小，安上窗子好给女人壮胆子，女人有了三长两短，推开窗就跳过去了，窗就成了以前的门，门又成了以前的窗。女人想：男人身体差，安个窗子图个照应，男人有了三病两痛，推开窗子跳过去，窗子就成了门，门又成了窗子。

于是，每天下班回到家，两边都盯着本该是门的那扇窗，期待着那边生出美妙的声音。男人想，有了声响我就去推窗；女人想，有了声响我就去开门。都苦苦地等待着，都苦苦地期盼着，却没有声响传来。没有响声，女人就去想男人，男人就去想女人。女人弄不明白为啥去了窗户安上门，男人也弄不明白为啥拔了门安上窗户。弄不明白。弄不明白男人就叹息，弄不明白女人就抽泣。男人听到抽泣声，就跑到窗前，看那白纸上有没有被女人戳破的小洞。如果有，就冲过去，祈求她的原谅。女人听到叹息声，也跑到窗前，看那白纸上有没有被男人烟头烧出的小眼儿。如果有，就冲过去，抱住男人宽厚的肩膀美美哭一场。男人听到窗前的抽泣声，女人也听到了窗前的叹息声，但是没有小洞，也没有小眼儿。就知道隔着那张纸，都期待着那纸上生出一点美好的响声。可是，没有，男人只好叹息着离开窗，女人只好离开窗又抽泣。

于是，男人想：女人害怕了就好了，叫出声就更好了。女人想，男人生病了就好了，生病了就好过去照应。只是女人离开了男人似乎胆子大了，男人离开了女人似乎病也好了。男人没听见惊叫声，女人也没听见呻吟声。

一天天就这么熬过去，一天天接着又熬过来。

一年过去了，两年也拖过去了。如今已是五年了，门还是门，窗还是窗，窗上的白纸还是五年前的那张。纸上没有手戳的窟窿，纸上也没有烟烧的小洞。男人不知女人是否害怕，女人不知男人哪天有病。期待了五年的声响依然在期待中，并且被期待的声响折磨得身心交瘁了。

后来，终于有了声响。

那响声终于响起了，男人（或女人）急切地冲到窗前，心堵住嗓门空落落地慌，却听见一个陌生的声音。陌生的声音就在那边响起一夜。接着，这边也有了一个陌生的声音，陌生的声音也在这边响起了一夜。

于是，男人又有了女人，女人又有了男人。看看那扇窗，男人的女人和女人的男人，一边一个，一起把那窗用砖封了，搪上白灰，那寄托了很多希望的窗成了一堵又冷又白的墙，一座永远的墙了。男人再听不见女人的抽泣声了，女人也听不见男人的叹息了。过了一段时间，两边又都有了声音，是那种摔盘子摔碗的声音，抽耳光撕衣服的声音。声音一停，便看那墙，那曾有的门和窗，那如今被白灰刷新的疤痕，觉得白得刺眼，白得瘆人。

征 婚

"我准备征婚。"柳几经思索，把自己的打算告诉了小雨。

柳是个画家，是个没成名的画家。三十多岁的男人没有成名，又没有发财，尤其是没有结婚，生活的压力就很大。每每见了朋友，都催他结婚，说名呀财呀都可以慢慢儿熬。他也是这么想的，每次有人帮他约见女孩子，他也很积极，但因为心里装着一个女孩，就一个也没有谈成。他觉得挺对不起朋友，就想到了征婚。

他并不是想靠征婚征到什么，只是想把自己的想法告诉这个女孩，再就是想堵绝朋友的关心。女孩就是小雨，是他同事的女儿，在他单位对门开了一家书画装裱店。小雨忙不过来时，常常请他帮忙。帮完了忙，柳不收工钱，小雨得闲就把柳的作品仔细装裱起来。

小雨虽不写字不画画，却极有眼光，装裱的手艺也很高，柳的字画经过她的装裱，兀自增色三分。那些字画送去参展或参赛，常常给他带来意想不到的收获。慢慢地柳心中就生出异样的情愫，而每当这种情愫升起时，他就一声苦笑制止住它的蔓延。他想，人家把自己叫"叔叔"呢，怎么能有这样的想法。

第二天见了小雨，仍然以"叔叔"自居，而小雨早已不再叫了。先叫"叔叔"，后来就叫"老师"，现在连"老师"也不叫了，见面就是说大白话。他虽然明知小雨称谓的变化，见了小雨仍然是"叔叔"长"叔叔"短的。但不知不觉中，柳却把许多不能和晚辈诉说的话都诉说了，小雨也在许多事情上给他拿了主意。小雨主意很绝，柳又有了许多的惊喜。到了夜里，柳在心底一遍遍描绘着一幅美丽的画。美丽的画没有画出来，也只能在他心底展示着无穷的魅力，小雨纵然有再好的装裱艺术，也不能使之增色增辉。他把心底的图画露出一角给挚友，挚友就劝他主动出击，可他拒绝了。他说，我比她大十多岁，又没名，还没钱，连间栖身的房子也没有，除了爱，我能给她带来什么呢？生活除了爱还需要许多的东西，自己除了爱再无他物，柳打算放弃。要放弃却欲罢不能，告诉小雨吧，他又担心小雨拒绝而失去了一个朋友。因此，他打算征婚，把真实的自己展示出来，给小雨一个信息，或许小雨会阻止他的举动。甚至，小雨会坦露心迹——他又笑自己异想天开了。

小雨听了柳的想法，低下头想了许久，说："征婚时容易遭遇骗子，你……"柳说："我想好了，宁可她骗我，我绝不骗她。"小雨咬着下唇盯着他，吸了口气说："好吧，祝你成功。"柳听了，火热的心骤然变冷，只好把"征婚启事"递给小雨。"启事"里自我介绍很真实，对女方的要求也很明确，就像一个人。小雨很激动，咬着嘴唇等待一个声音，没有。小雨手中的纸就"窣窣"地抖，嘴唇也渗出了血珠。末了，她木然地把"启事"递给柳。柳想，算了吧，就征一个妻子吧。

柳的"征婚启事"刊出后，收到了许许多多的信。柳把这些信装在一起，等待小雨来拆阅，想请小雨帮他拿一个主意。他说自己在女人的问题上老犯迷糊。然而小雨不干，任凭柳怎样祈求，小雨也不答应。这时，柳才发现自己真正离不开小雨了，征婚不只是向小雨表达心迹的借口，也是欺骗自己的伎俩。许许多多的应征信没有拆阅的必要了，柳就把那些信扔在一个空纸箱里。

柳的信装满一纸箱，小雨就问："应征信里没有一个满意的吗？"柳说："没有。"小雨又问："真的没有？"柳决然地说："真的没有。"小雨失魂落魄地走了。小雨走后再也没有来过。

小雨很快找到男朋友结婚了。结婚那天柳也去了，柳发现小雨一脸的幽怨。敬酒的时候小雨又问："应征信还没有一个合适的吗？""我不知道，那些信我都没有拆过。"小雨的手一抖，倏地泪流满面，盛满喜酒的杯子也跌落在地。柳吃惊地问："你怎么了？"小雨说："我，我也写了……"

柳恍然大悟，一仰头喝下了手中那杯满满的苦酒。

爱的诺言

　　看看师傅脸上浮出的笑容，我很想说点什么，却什么也没说，起身走了。师傅今生今世，除了我没有求任何人办任何事，求我呢，也只是哄哄师母，这次我虽然极不情愿，却又不好推辞。

　　师傅姓田，我刚进厂时羸弱不堪，无人收留，他就收我做徒弟。师傅在铆工车间是数一数二的高手，一直到他下岗，也没人敢和他较劲。师傅虽然有一手铆工绝活，却没多少文化，又不会钻营，数一数二的技术一直被一个姓王的师傅压得出不了头。先是当班长，王师傅一马当先；后来是评先进，王师傅当仁不让。王师傅一辈子都没爬上去，一辈子都是班长，我师傅就一辈子没机会进步，一辈子被压着。有时我们喝酒聊天，为他叫屈，他却是一脸满不在乎。我知道师傅其实是非常想当个班长、先进什么的，不然他就不会涎着脸让我帮他改工资表，每年帮他写奖状，可王师傅一直没长进，师傅也跟着没出息，并且处处都受王师傅的气。

　　田师傅在单位老受气，按说在家里该抖抖威风吧，可在家里也不行。别看他在请客吃饭时一副大老爷们儿的做派，私下里绝对是受气的角色，从他偷改工资表我们就可以看出端倪。

　　师傅识不了几个字，衣兜里却迟早揣着一支钢笔，钢笔又没别的用途，每月领一次工资，每月改一次工资表。工资由我代领，工资表也由我代改，每次改变不大，也由此可见师傅是非常怕师母的。究其原因，大概是因为师母太漂亮的缘故吧。

　　师母长得漂亮，而且是一个知识分子，那是受人羡慕的事情，这也是师傅此生引以自豪和得意的事情。也缘于此吧，师傅在家里几乎包了所有家务活。师傅干着家务活，师母就给师傅念报纸，讲笑话，或是轶闻趣事，师傅沉浸在自以为是的幸福之中，手里的活也干得利落，有声有色。只是到了我们去他家喝酒的时候，师傅才有机会摆出一副一家之长的神态，为师母挣得一个贤妻良母的好名声。每每看到师傅怡然自得的神情，我就想问他偷改工资表的原因。再一想师傅难得有这么幸福的时刻，一口酒把话咽了。

然而，不久后一次醉酒，我终于明白了这一切。

那天是师傅的生日，师母提升为领导，师傅又请我喝酒，也许是高兴吧，平日里一瓶酒就够了，那天喝完一瓶还未尽兴，师傅就让我到屋里酒柜里取酒。我拉开酒柜门，看见了一摞摞的写着师傅名字的奖状。正在我疑惑不解时，师傅进来了，看见我手中的奖状和奖品，师傅的脸倏地就红了。"嘿嘿，我是哄你师母呢，你师母条件那么好，嫁给我，我不长进，我对不起她，我只好……"师傅说罢，就把我拉回座，我们一盅接着一盅地喝，直到喝得酩酊大醉。

自此以后，我对师傅多了一份同情，对师母多了一份怨恨，我想利用一切机会给师傅争取一份尊严。可是，除了在师傅家喝酒时能给师傅捞到一个一家之主的机会，在厂里我帮不上半点忙，直到我当了厂办秘书，师傅仍被王师傅压着。待厂子被兼并后，数一数二的铆工高手反而下了岗，我依然是爱莫能助。幸亏师傅人缘好，过去的一个徒弟给他介绍了一份闲差，工资是过去的两倍，师傅才在师母面前有了一个扬眉吐气的机会。然而，师傅对于自己下岗的事情在师母面前只字不敢提起。

这不，师傅下岗上班还不到一个月，就受了公伤住进医院，师傅也不敢告诉师母，而让我以厂办秘书的身份去通知师母。我知道师傅活得太累太累，我不想说假话，却不得不去找师母。

"小刘，你终于来了，我等你好久了。"

我刚走到师傅家门口，师母就开了门，拉着我就走。

"怎么，您已经……"

"我知道了，不知道他伤得怎么样？"

师母说着，就流出了泪。擦把泪，她又说："你师傅忠厚本分，总觉得配不上我，其实我看中的就是忠厚本分，可他不知道，又是抢着干家

永远的隔壁

务，又是用假奖状、假奖品来哄我，下岗了也不告诉我。要不是我的一个学生打电话说他在找工作，我根本不知道。没想到学生安排那么清闲的工作他还受伤了。"

"原来，这一切您都知道？"

"我咋不知道。"

"那您……"

"我知道你可以在心里瞧不起我，可我不能拒绝你师傅的谎言。如果拒绝了他的谎言，他就会失去爱我的勇气。都说诚实是爱的基础，有时，爱也需要谎言维系。"

师母说罢就匆匆走了，我对爱又有了新的理解。

今夜无人喝彩

　　田歌无事的时候是最喜欢转商场的，而且有一种购买欲，尤其是见了时装，那种欲望就更为强烈，喜欢什么就会去买什么，只求自己的心情愉快，从来不考虑价格的高低。反正，有的是男人抢着给她买单。

　　田歌是那种比较新潮的女孩，漂亮又不失聪明，特别是那双会说话的眼睛，谁见了心里都会生出几分爱怜和几分激动。因此，田歌的身边就围绕着许多护花使者，当然也不乏手握权柄或是腰缠万贯的主儿。他们为了博得美人一笑，一掷千金又岂在话下。田歌呢，就在他们的关怀下越来越潇洒，也越来越美丽。

　　今晚是圣诞平安夜，田歌下了班就去逛商场，她看上了一件真皮旗袍。她非常喜欢旗袍的，旗袍可以展示她魔鬼一般的身材，吸引男人多情的目光。以前穿过许多旗袍，可是她从没有听说过真皮能做旗袍，当她在货架上发现了那件黑色的真皮旗袍以后，她毫不犹豫地取了下来，走进了试衣间。从试衣间走出来，她感觉自己心跳加快了，路也不会走了，她从来都没有发现自己竟然有如此妖娆又迷人的风韵。看看镜子里面的自己，宛如童话中的美人鱼似的，她就想起了那个作家告诉她的话：你美得我恨不能把你吃了。此时，她也才明白作家的话说得是那么真诚，作家的情感是那么真切，她的心里就有一份久违了的感动和喜悦。于是，她掏出电话想找一个男人来赞美她的美丽，分享她的喜悦。

　　作家的话是那么真诚，情感又是那么真切，但她掏出手机拨打的电话并不是那个作家的。作家的话虽然真诚又真切，可作家一年的稿费也买不来这样的两件衣服，作家虽然是一个浪漫主义作家，但田歌却是一个现实主义读者。田歌的电话是打给一个叫大头的老板的，大头的资产何止千万，为了美人一笑，万儿八千又岂在话下。可是，大头接了电话却说有一个生意上的应酬，让她买了衣服明天凭票报销。挂了电话，她微微有一点遗憾，买衣服的钱虽然落实了，可惜没有观众。田歌想起了作家的话，她又打起电话来。

这次的电话仍然不是打给作家的，而是打给另外一个经理。大头虽然答应出钱，可她也不忘宰杀另外一个。可另外一个接了电话，也只是答应给她出钱，也不愿意出来，说是要陪自己的老婆孩子度过平安夜。挂了电话，她的心里就有了一种说不出的感觉，她有过太多如此的感觉了，这种感觉也太揪心了，她经历过的几个男人几乎每一个对她都是信誓旦旦，可一到了节日，他们都把自己的誓言抛在了脑后，谁也不愿意来陪伴她，只有寂寞和孤独紧紧地跟着她。每每这时，她就理解了小时候不能理解的"每逢佳节倍思亲"的含义。

田歌掏出电话一个挨一个拨打，遗憾的是没有一个接受她的邀请，每一个人都有自己冠冕堂皇的借口，要么是陪老婆孩子，要么是开会，就是没有时间来陪她。没有借口的，讲上几句官话就挂了机，然后再怎么也打不通。面对镜子里孤独的自己，田歌感到从未有过的悲凉，心里也有了一种想哭的感觉。田歌看看手中能沟通四方又是那么无用的手机，她真想把它扔了，它竟然叫不来一个为她喝彩的男人。就在她抬起手机的时候，她又想起了那个作家。她知道在与她交往的所有男人中，唯有作家对她是最真诚的。只要是听到了她的声音，作家一定会来的，作家来了，作家的喝彩也是最好听的了，任何一个男人的喝彩都会比作家的逊色。

田歌想到这儿，就想立即拨打作家的手机，可是号码又记不起来了，好容易想起作家的号码，半天又连接不上。最后终于接通了，作家却说今天是女朋友的生日，没有时间。她说，你不是说我是你心中永远的爱人吗？是的，但是我更需要一个真心爱我真心关心我的女人。作家说罢就挂了电话，也不给她回话的机会。

田歌怎么也没有想到事情的结局会是这样，女人是需要男人喝彩的，而自己最为美丽的时候，竟然无人喝彩。田歌的泪禁不住潸然而下了。抹去泪，田歌又回到更衣室脱下那迷人的真皮旗袍，细心地包好，就去前台用自己的钱付了款。她想，女人最美丽的时刻应该献给自己最爱的男人，只有自己最爱的男人才有最真诚和最真切的喝彩。

田歌明白了这个理儿，随手就把手机丢进了身后的垃圾桶，然后头也不回地就走了。

一个完美主义者的爱情

大威犹如他的名字，生得高大威猛，且有逼人的帅气，一走进大学校门，他就成为众多女孩子暗恋的目标，纷纷为他传送"秋天的菠菜"，有人甚至发起了正面进攻，可大威都拒绝了。有人问大威为什么？大威说："我现在什么都没有，我有什么资格谈恋爱呢？"

大威是一个完美主义者。大学四年里，他曾遭遇过许多女孩，有的女孩非常美丽，非常可人，甚至让他心旌摇动想入非非。但大威仍然保持着不可思议的理性，没有和任何一个女孩谈过恋爱。有时实在是想了，大威就劝自己，等毕业以后找到一份好工作再谈吧！

毕业后，大威找到了一份好工作。那时他想和一个姓白的姑娘来往，人们都说他和白姑娘是金童玉女一对绝配。每次和白姑娘站在一起时，他都禁不住腿肚子发软：自己是个平头百姓，既无金钱，又无名声，甚至连一套住房都没有，自己能给她带来什么呢？慢慢地，他发觉自己的腰都直不起来了。他就把自己的现状告诉白姑娘，白姑娘一点都不介意。可他还是告诉白姑娘让她再等两年，等他达到一个目标以后再说。白姑娘怎能虚度自己的青春呢？一年后，白姑娘在他的遗憾中结婚了。两年后，他实现了他的目标，还得到了副产品。这时他又发现了自己和白姑娘的距离，他得意地笑了。他说他幸亏没有和白姑娘来往，要是和白姑娘有了什么的话，那就太亏了。这时他才明白，那时和白姑娘来往并不是觉得自己配不上白姑娘，而是自己的心里有着一个标准白姑娘达不到。那么自己心里有一个什么样的标准呢，大威仔细地梳理了一番。他觉得美丽是第一，学识和风度应是第二，再后来他觉得应该有一定的家庭背景或者声望，还有就是要有一定的财富。至于自己，他觉得应该也有相匹配的东西，不然就是不般配。不般配了自然就谈不上完美。大威知道找到符合自己标准的女孩很难，自己要达到那标准就更难了，但作为完美主义者的大威决心再拼搏一次。

大威办了停薪留职。他觉得经济是第一位的，只要有了钱，一切都好办。大威就跳进了商海。这个世界是属于美女的，同时也是属于美男的，而他又有名校的背景，他在商海里玩得游刃有余。他做得非常成功，他先做了打工仔，后来做主管，接着是副总，再后来他拥有了自己的公司，成了身价千万的老板。其间他经历了很多的女孩，每一个都是那么优秀，他都拒绝了，要么她们不那么完美，要么她们完美了一段时间又不完美了。他一直没有谈朋友。当然，他觉得完美的婚姻和完美的性爱是一体的，他自然不会和她们有其他方面的来往。对自己的要求呢，当然他对自己也不怎么满意。虽然有了几个钱，政治上却没有什么地位，写作上也没有什么进步，发现了自己的短处以后，他采取措施努力补救。俗话说"有钱能使鬼推磨"，大威说"有钱也可以使磨推鬼"。想当初上大学时一心想献身诗神缪斯，诗神却爱理不理的。如今成了商人，诗神却委身于他。他不仅作品发得"呼呼呼"，而且频频得奖，刹那间又成了红极一时的"著名作家"。这时自然也就有了更优秀更完美的女孩追求他了。他呢，完美的标准相应又提高了，提高的不仅是对方的标准，也有自己的标准。他觉得自己现在被人视作艺人或是暴发户，被人戏耍，所以要自己在官场上混混，这样才有身份有地位，只有到了这时他才可以得到完美的爱情。

真的应了他的那句话，有钱不仅能使鬼推磨，有钱也能使磨推鬼。因为有"著名作家"这块招牌，再用钱那么一运作，他当选为文联副主席；因为副主席这个跳板，他又以体验生活为名，成了挂职的副市长。他终于成了不大不小的官了。

经过二十年的努力，大威终于有了地位，有了钱，有了名声，也有了豪宅名车，成了自己也是许许多多女孩心中最完美的男人了。他该恋爱了，虽然年龄大了一点，但那已经是一个不是问题的问题了。因此，等他决定恋爱后，各种各样优秀完美的女孩都来了（从来也没断过）。他没有想到会是这样（他企盼的也是这样），他差一点挑花了眼。最后，他终于挑选了一个最完美的女孩。通过一段时间的交往，他觉得那女孩再完美不过了，要什么有什么。于是他举行了一次盛大的结婚典礼，他挽着新娘，踏着鲜红的地毯走进了自己的洞房。

他怀着激动喜悦的心情准备享受人生最幸福最完美的时刻。最完美最幸福的时刻终于到了，他却发现自己不行了。他真的不行了，怎么努力都不行。他没有想到会是这样，最完美的爱情到来时，自己竟然阳痿了。

游 戏

老板是个独身女人，独身的女老板却经历了许多的男人。经历了许多的男人之后，她对男人有了一个认识：所有的男人都迷恋金钱和美色。因此，凡是她公司中层以上的雇员她都曾用金钱或是美色贿赂过他们，她发现自己的方法屡试不爽，几乎所有的男人都被金钱和美色俘获了。

只有秘书小黄是唯一的例外。

小黄来公司已经三年了。由于小黄能力超群，三年里女老板多次用她屡试不爽的办法来测试小黄，小黄始终不为所动。小黄只拿自己该拿的钱，小黄也只迷恋自己的妻子。小黄的家境一般，小黄的妻子也很普通，他和妻子也没有人们常说的那种刻骨铭心的爱情，可小黄对家庭却是那么的忠诚。也正因为如此，女老板才觉得小黄是一个忠诚又可爱的男人。

可爱的男人她见得多了，忠诚的男人也不少见，能力超群的男人也比比皆是，可能把这三者融汇一身的人可以说是太少了。于是，太少了的小黄就引起了女老板的特别关注。关注的结果是女老板越来越觉得小黄的可爱，心里越来越有一种特别的情愫在滋生。当这种情愫越来越浓后，女老板就觉得有一种危险在逼近自己。受过伤害的女老板就想把这种情感扑灭在萌芽状态。而这种情感越扑越旺，几经扑打，反而像野火一样不可收拾。

不可收拾了，女老板只好任其发展。感情在发展，女老板的考验方法也一直在继续。在继续的考验中，女老板发现小黄越来越完美。人越来越完美了，情感就越来越炽烈。炽烈到不可收拾的地步了，女老板就有了自己的想法：她想找一个好男人。虽然小黄就是一个好男人，可她还是不忘考验一下小黄。

这次考验是一个游戏，游戏是在一次酒后进行的。喝醉了酒的小黄那静若处子的神态更让女老板心动不已。心动不已的女老板就想起了一个游戏，女老板就想用那游戏来测试一下小黄。女老板说："小黄，我们做一个游戏吧。"小黄说："做游戏，我不会做游戏。您教我吧。"女老板一笑，说："我这个游戏很简单。这样吧，你先在你身边的人里选择五个最离不开的人。"小黄说："五个，这很简单。妻子，儿子，父母，朋友，还有你老板。"

女老板听说自己也在其中后，很高兴，说："那么，你一个一个地取舍，并请说明原因。"小黄说："为什么必须取舍？谁我也离不开的，这是多么痛苦呀。"女老板说："痛苦也必须选择，这是游戏规则。不然这个游戏就无法做了。"小黄痛苦地说："那我放弃老板。"女老板很意外，问："你为什么第一个放弃老板呢？"小黄说："老板虽然很重要，但失去了老板我可以自己干老板。"女老板点点头，说："哦，有道理。下来呢？"小黄说："下来我选择朋友，失去朋友我还有家人。"女老板又问："那么，再下来呢？"小黄说："再下来我选择父母，因为我的父母已经去世了。"女老板又问："那么，再下来呢？"小黄说："再下来只有妻子和儿子了，我谁也不能放弃！"女老板说："你必须选择，如果不做选择的话，游戏就无法进行。"小黄红着眼睛，说："为什么必须选择？这太残酷了。妻子是我的现在，儿子是我的未来，我既不愿意失去我的现在，我也不愿意失去我的未来。"

女老板心里虽然很感动，可为了试探小黄，又追问了一句："儿子和妻子，你到底先放弃谁？你必须选择。"小黄醉眼迷离地看了一眼女老板，又喝了一大杯酒，说："儿子和妻子我谁也不放弃。"女老板说："这不过是一个游戏，又不是真的，你还是做一个选择吧。"小黄又看看女老板，说："我怎么能失去妻子，我又怎么能失去自己的儿子呢？"小黄说罢，低下头又喝了一大杯酒。当他抬起头的时候，已经是满脸泪水了。女老板见了，也流下了真诚的泪水。当他们的泪水融汇到一起后，一个新的故事就诞生了。

后来呢，女老板就迫使小黄离婚了，女老板就嫁给了小黄。结婚的那天夜里，女老板想起那个游戏，她得意地问小黄："小黄，你不是说你离不开自己的妻子，也离不开自己的孩子吗，怎么今天就和我结了婚？"小黄说："正因为我离不开妻子我才和你结婚，正因为我离不开孩子我才要求在你怀孕以后我才结婚。"女老板说："那你——那天怎么表现得那么真诚？"小黄不屑地说："那不过是一个游戏。游戏不做得真诚一点你能信任我吗？"女老板听了，泪水就汩汩地流，她怎么也没有想到，自己让自己的游戏套住了。

碎 片

老石年轻的时候，喜欢一个叫美玉的女子。

美玉那时才真叫美呢，走在镇上就如钩钩刺，一街两行的眼睛都被她勾去了，又像枝头青黄转红的麦李子，馋得人哈喇子直淌。擦去哈喇子，人们都争着去打美玉的主意。而美玉呢，谁也不搭理，生生迷上了老石。

老石除了老实，什么都不行，美玉怎么能看上他呢？人们都想不通，也不服气。想不通也好，不服气也好，并不妨碍美玉喜欢老石。每次看到老石和美玉在一起，就如看到高远的枝头那枚青黄转红的麦李子，心里酸溜溜地慌。有人就巴望着他们分手，分手了，自己就有一个机会，犹如那枝头的麦李子正掉进自己的怀里，那是多美的事情呀？

麦李子落地的时候，美玉和老石分手了。

先是美玉的父母不答应，美玉的父母嫌老石家太穷，穷得没有一间瓦房。但美玉不愿意，美玉就整天闹。美玉在家里闹急了，父母就应了，让老石交一万块钱的彩礼。好天哩，那时的一万块可是一万块呢，老石没有，没有了一万又让老石交五千块，五千块老石还是没有。后来又让老石交三千两千，老石还是没有。两千块都拿不出来了，美玉不答应了。美玉说："我难道连两千块都不值？"老石知道美玉不止两千块钱，可他没得两千块钱。没得两千块了，美玉觉得很委屈，美玉就和他吹了。美玉和他吹了，美玉就嫁给了公社书记的儿子，公社书记给美玉家一万块钱，还盖了三间大瓦房。

麦李子落在书记家了，人们就没了希望，都纷纷结了婚，独剩老石守着空荡荡的枝头，盼着麦李子青黄转红的时候。

麦子青了又黄，黄了又青，青黄转红的李子落了又生了小李子了，那空荡荡的枝头依然是空荡荡。老石断了念想，就走了，到山西挖煤去了。

老石在山西干了十八年，先是做苦工，后来是技术员，带班长，后来又做了工头。做到了工头，老石就发了，老石发了，身边也就粘满了女子，可老石对谁也不动心思。夜深人静了，他就去想枝头那枚青黄转红的麦李子。想得久了，老石就别着一扎一扎的票子回到了家。在家乡的小镇上，他一下车就看见美玉，美玉依然像当初那么年轻，依然像当初枝头那枚青黄转红的麦李子一样妖妖地迷人。老石就厮跟着那麦李子走。

走到了一户人家，老石才发现那不是美玉，而是美玉的女儿红玉。他发现红玉和美玉生生是剥了一层皮，他的心里顿时生出一份别样的感觉。这时，公社书记的儿子已和美玉离婚多年了，老石来来往往倒也方便。只是老石来的时候，和美玉虽有千般话却不知怎么说好，倒是和红玉谈得亲切，火热得舒坦。

一天，红玉不在家时，老石又来了，美玉就炒了两盘菜烫上酒，边喝酒边唠叨着。

"你的心思我知道，红玉也大了，女大不中留。"唠叨末了，美玉说。

老石无语。

"我老了，也干不了活，你给个十万八万的，就可以把红玉领走。"美玉看看老石说。

老石不吭声。

"你心里咋想的，你说句话。"美玉又说。

"说甚哩?"老石问。

"想甚就说甚?"美玉瞥了一眼老石。

"我，我日你娘!"

说罢，老石就把酒杯扔在地上，美丽的酒杯就成了一堆碎片片。

纯情女子

林坐在临窗的咖啡桌前，悠闲地把玩着手中的钻戒，默默地等妲。

妲是林从南国回来后，在小城找到的唯一的淑女。林走前，小城很是美丽，淑女如云，可林却是穷光蛋，淑女虽不贪图财物，林却不愿让淑女操守清贫，林就去了南方。从南方回来，小城依然美丽，林成了大款，而淑女已经不再，生活真是难尽人意。好在林成了大款，历经两个月的寻觅，终于找到了妲，找到了他认为小城唯一的淑女，林感到了生活的美好。

妲着实长得可人，气质不凡，又是名牌大学毕业，林自从见了妲，小城的女孩尽皆失色。于是，林费了许多周折，终于认识了妲，刚认识，林就趁热邀妲来喝咖啡。咖啡厅迟来的伴侣一对对都进入了角色，而妲还没来，林还在等妲。

妲也该来了，而妲没来，林的心中有了一种淡淡的失落。其实林也明白，妲那么美丽，那么清纯，还毕业于名牌大学，她自然有资格傲视一切。林找到妲这时不该到的理由，妲就不该来了；来了，也就不是妲了。

妲虽然没到，林却相信妲一定会到的，林就继续等妲。在等待中，妲就变得更加美丽了。林想：上天创造妲是为他创造的，父母生养自已也是为了等妲。这样，在林的遐想中，妲就更加妩媚，更加高雅，更加完美无缺了，妲似乎就从门里走了进来。

完美无缺的妲一遍遍走进来，又一遍遍消失了，林不由焦躁起来。林看看表，已经两个多小时了。林想：妲不来了。林气愤地喝下一杯咖啡，长长地吁了口气，心里顿时舒坦了许多。

林想妲不来了，当初邀请妲时就觉得有些冒昧，妲若冒昧地来了，那才不是妲了。真的，一说话就脸红的妲绝对不会随意赴一个并不熟悉的人的约会。林想到这儿就乐滋滋地笑起来。虽未见着淑女，却验证了一个淑女，林的心里也很愉快。

林走在街上，就有无所事事的感觉。回家吧，家是制造寂寞的车间，林确实有点畏惧。在南方的这个时候，林就会进歌舞厅找位小姐陪陪，回家了，又专是为了成家，他收敛了许多。但是今晚，林却不知为何生出一份冲动，想进包厢找一位小姐解解闷儿。

林一踏进大厅，就被领班领进包厢。包厢设施考究，比南方有过之而无不及，林很满意。林在包厢里，不喜欢唱歌，不喜欢嘈杂，只想在昏暗的灯光下拥着小姐，软语细诉，品味一下想象中的温馨。于是，坐台的小姐进来后，林先付了小费，就拥着她静静地坐着。冥冥中林知道，小姐已不是新手了，但她还是羞怯地、娇柔地迎合着他。林很喜欢，就有了家的感觉。林记起以前进包厢时，那些小姐才是真正的荡妇，没有半点温存和羞怯。林想，将来有妻子一定要调教得这般娇羞温柔。想到这儿，林就紧紧把小姐拥到怀里，就如拥着自己的妻子。

"先生，抱紧我，我觉得很幸福。"

"谢谢你，我也是。"

"先生，我想你的妻子一定很幸福。"

"可惜，我没有结婚，可你却使我感受到了妻子的温柔。"

"可我已沦落风尘，否则我一定嫁给你。"

"谢谢，但我会记着你，并常常来看你。"

林说罢，随手打开了壁灯，他要仔细看看这个女孩，他想以后无所事事的时候，背着妲偷偷跑来，的确是一件愉快的事情。他想，在小城，除了妲，怕也只有这个女孩，才能让他生出一份爱怜了。想到妲，又想到这个风尘女子，林心中就生出一阵难以捉摸的幸福和喜悦。

灯亮了，女孩羞怯地抬起了头，林顿时傻了眼，那女孩确是娇羞、迷人，让人觉得清纯如水。可是，那女孩就是林心目中小城唯一的淑女——妲。

永 远 的 隔 壁

冰棍儿

太阳正当顶，火毒毒地烤。嘴唇似是晒干的木板，"嘎巴嘎巴"响。瓦伸出舌头在干烈的嘴唇上留下一阵响声后，看见碟儿的嘴唇上渗出鲜红的血珠。倏地，那血珠变成紫色的痂，于是，瓦起身就走了。

瓦回来的时候，手中就多了一支冰棍儿。火毒毒的太阳烤得冰棍儿"吧唧吧唧"响，如同碟儿的眼泪"吧唧吧唧"淌。瓦惋惜地看看不停滴淌的冰棍儿，嘴唇又生出一些响声，就把冰棍儿递给碟儿。

"你吃，我不吃。"

"给。"

"你吃，我不吃。"

"给。"

瓦举着冰棍儿想，碟儿还是那样，想吃的东西都说不吃，都留给他。要是放在往日，瓦是有法子的。可是今天，瓦就没法子了，只有望着冰棍儿一圈圈儿地瘦。

"你吃，我不吃。"

"给。"

"你吃，我不吃。"

"给……"

碟儿还是那样，瓦只好那么举着，望着冰棍儿一圈圈儿地瘦。瓦想，要是买两支就好了，可身上的零钱没了。那点钱，他要留给碟儿。碟儿就要走了。那冰棍儿只能留给碟儿吃。

"给。"

"你吃，我不吃。"

"给。"

"你吃,我不吃。"

看着越来越瘦的冰棍儿,瓦想碟儿还是那样。

其实,碟儿已不是那样了,碟儿要走了。

碟儿是瓦花了五千块钱从人贩子手上买来的媳妇儿。只是碟儿自从进门都不愿做他的媳妇儿,一直和着衣服睡。瓦不急不厌,一直用心暖着碟儿。瓦想,碟儿总有一天会是他的媳妇儿。用心暖着到底算事,碟儿由不吃不喝到苦扒苦作了。每每想到碟儿干活挣钱那狠劲儿,瓦如同喝了甘蔗酒一样舒坦。瓦想,等着钱挣够了做夫妻,那日子才更舒坦。

可是,钱挣够了,碟儿还是不愿做他媳妇儿。碟儿帮他挣够了买碟儿的钱后,碟儿就要走了,碟儿说她早就定好了人家。碟儿说着,泪珠儿就滚豆似的淌,瓦的心就软了。瓦的心暖热了碟儿的心后,瓦的心就凉了。瓦应了碟儿,碟儿就解开和了三年的衣服。瓦只亲了亲碟儿温软细嫩如同樱桃似的红唇,就把碟儿送出了镇子,又送到县城,再送到省城。瓦送碟儿回娘家。

碟儿要走了,瓦甚也没买,瓦就买了这支越来越瘦的冰棍儿。

"给。"

"你吃,我不吃。"

"给。"

"你吃,我不……"

可是,碟儿的那句话还没说完,那纤瘦的冰棍儿就"叭"的一声掉在了地上,倏地就化了,"吱"地就没了,只剩下手中的竹签"冒"出一丝轻烟。随着那轻烟,碟儿的泪蛋蛋又滚出来了,溅在地上,倏地也没了。瓦的舌头在干裂的嘴唇上留下一阵响声后,就把碟儿和自己挣的钱一把塞给了碟儿。这时,最后一声汽笛也响了,碟儿拧转身子,"吧唧吧唧"甩着泪蛋蛋跑了。

碟儿再回来的时候,碟儿手中有了两支冰棍儿。火毒毒的太阳把冰棍儿烤得温软细嫩如熟透的樱桃,凉丝丝甜津津的好舒心。

打造男人

女人在经历许多次失败后和这个男人结婚了。当她手握结婚证走出街道办事处的那一刻，女人就后悔了，怎么就结婚了呢？怎么就和这个男人结婚了呢？

女人真的不满意眼前这个男人。女人就想起了以前和她交往的那些男人，和眼前这个男人比起来，他们是那么优秀。他们要么有才气，要么有地位，要么有钱，要么长得英俊潇洒，可眼前的这个男人什么都不拥有，怎么就嫁给他了呢？难道就因为年龄的逼迫？人也嫁了，婚也结了，女人只好跟着男人过日子。过着过着，女人发现男人越来越俗气，越来越平庸，女人就越来越不能忍受了。特别是看到那些学历没有自己高、气质没有自己好、工作没有自己舒心的女人拥有一个不平庸不俗气的男人后，女人心里更是不甘。心虽不甘却又不可能用离婚来解决。怎么办呢？女人就想去打造男人，打造出一个气度不凡、拥有地位、拥有财富也令人羡慕的男人。

可是，男人太平庸了，平庸得自甘平庸。女人给男人说了不知多少次，让男人振作起来，让男人创造一份辉煌的业绩，过上美好的幸福生活。可男人说，我本身就是一个平常的人，能过上安宁舒心的生活我就感觉到非常的幸福了。女人知道男人说出的话语是他自己的心声。可女人不甘于平凡的生活，女人没有设想改变自己，只希望男人摆脱平庸来摆脱自己的平庸。女人不遗余力地劝说男人振作起来摆脱平庸，她相信自己有这个力量，她相信男人有这个潜能。

不知是经过多少次的努力的结果，女人终于说服了男人。女人心中早就有着一个好男人的标准，而且在心中早已设计了一套打造男人的计划。

女人说服了男人后，女人就开始实施自己的计划。

女人的打造计划是从细节开始的，比如抽烟，比如说话，比如走路，女人制定许许多多的条条框框来规范男人，女人要把男人调教出骑士风范。男人常常感到很累，也很烦，可是女人不厌其烦。男人就常常和女人作对，偏偏不按女人的要求去做，女人就用行之有效的办法胁迫男人就范。男人就范了，女人就成功了。成功的女人乘胜追击，让男人读书，让男人听音乐会，让男人看画展，凡是一个贵族化的男人应该具备的东西，女人都要求自己的男人应该具备。

女人发现男人不凡的风度在一点一点地显露之后，女人就一天一天感觉到成功带给她的喜悦。特别是他们一起出席一些聚会，在男人的气度受到女士的关注和称赞时，女人感受到了成功的幸福，女人对前途更是充满了希望，更充满了信心。女人开始打造男人的第二步也就是关键——创造令人称羡的社会地位。女人知道这很困难，他们没有什么社会背景，也没有什么经济基础，要想使男人脱颖而出，真不是一件容易的事。可女人没有气馁，女人还是用她柔弱的肩膀扛着重任知难而进。

女人知道，如果让男人寻找仕途的发展，那就太缓慢了，在这个小小的县级市，撑破天也不过是什么部局长。女人就想让男人先经商，后入仕。于是，女人利用所有的关系，使出了浑身的解数，终于帮着男人当上了一个小公司的小经理。公司虽小，可在女人的精心策划下，小公司像滚雪球一般一天天地大起来了。小公司成了大公司，小经理成了大经理。成了大经理的男人在这个小城也算一方人物了。女人虽然尝到了成功的快感，但女人仍然不满足，女人想让男人再干两年挣一笔钱，然后再进军仕途。如果身上只有钱，永远只能被人当作暴发户。在这个官本位的社会里，男人不但要拥有了财富，还要拥有官位，才能活得有滋有味。再说以前甩掉的几位男人有的已经当上了部长、局长，女人才咽不下这口气。

两年之后，他们拥有相当财富了，女人又劝说男人进军仕途。女人估计会遭到男人的拒绝，没想到男人的野心在女人的调动下生机勃勃了。因此，男人充分利用手中的权力开始行动了，今天建一所希望小学，明天修一座福利院，后天又组织扶贫结对，天天都陪着领导上电视，报纸上也接二连三报道男人的事情。私下里不断地出入朱门高户、茶楼酒肆。在女人的操持之下，男人终于成了一个呼风唤雨的人物。这样，在换届前，男人当选商会会长，被增选为市政协副主席，换届后，男人又当选了副市长。男人终于拥有了很好的气度，男人也拥有了大把的财富，男人也拥有了令人羡慕的社会地位。这时，女人终于感觉自己成功了，她成功打造了一个成功的男人。因此，女人常常在家里等待着男人回家，她想和男人交流自己打造男人的心得，她想和男人一起分享打造成功男人的幸福和喜悦。可是，男人自从当上副市长，男人总是很忙，忙得常常彻夜不归。女人很理解男人，女人也知道男人的艰难，女人更知道男人还需要打造。女人一人在家的时候，就设计了一套新的打造男人的计划。

　　女人设计好了打造男人的新计划，男人就回来了。女人正准备把自己的计划告诉男人时，男人却掏出一份离婚协议书甩了过来。望着桌上的离婚协议书，又看看身边这个气度不凡的成功男人，女人哭了。女人怎么也不明白，自己是成功了，还是失败了。

红樱桃

不经意的，他们说到了樱桃，说到了那红红的樱桃。他说，你也许不相信，我小的时候不知道樱桃是红的。

她说，怎么会呢？樱桃熟了就是红的呀。

他满怀伤感地说，小的时候我们哪里能等得到樱桃长熟呀。

他说，我们那个山村很穷。穷得全村子找不出第二棵樱桃树。因此，当学校后门外的那棵樱桃树刚刚开花的时候，他们就开始围着那树转。我们看着一朵朵樱花儿开放，看着一朵朵樱花儿飘落，看着一片片叶儿长出来，然后我们就看见那翠绿的樱桃挂上了枝头。明知樱桃还不能吃，忍不住摘下一颗塞进嘴里，立马就酸倒了牙齿，急忙吐出来，然后就急切地盼望着樱桃早点变黄。那时候我们以为樱桃一黄，就是成熟了。因此，当樱桃终于有了黄的意思，我们就开始采摘了。黄一粒，摘一粒，有时还等不着黄透，我们就会把它摘下来。就这样，我们从来都等不到樱桃变红的时候，自然就不知道原来樱桃是红的。因此，当我上中学后，在家乡的那个小镇第一次见到红红的樱桃时，我怎么也不相信那是樱桃。

她叹了一口气，说，我比你幸运，我很小的时候就知道樱桃是红的。倒不是我们那个小镇多么富有，樱桃多，是因为我三婆家有两棵樱桃树。三婆不是我的亲外婆，我不好意思随随便便到她家去。好在上学的时候，我们可以绕路经过三婆的门口，虽然要多走一里多的路程，可为了吃上樱桃我们乐此不疲。樱桃成熟的季节，每天放学我就和弟弟从三婆的门前回家。到了三婆的门口，我们亲热地喊叫一声"三婆"，眼睛却看着树枝上那红红的樱桃。三婆听了我们的喊叫，就唤回树下的狗，笑眯眯地搬来梯子让我们自己上树摘樱桃。满树的樱桃是那么红，那么甜，哪有吃够的时候。实在吃不下了，三婆就摘下头上的蓝色手帕，让我们再摘一包带回家去吃。那时候我真的感激三婆，她不仅让我们上树摘着吃，还让我们拿回家去吃，更重要的是她的手帕给了我们第二天到她家吃樱桃的借口。于是，那段时间我们天天都可以到三婆家，天天可以吃到樱桃。现在想起来，三婆家的樱桃依然是那么红那么甜。

她说罢，沉浸在回忆里拔不出来。而他看着她酷似樱桃的红唇，却是满心的迷醉。

这个地方怎么不生长樱桃呢？我已经有两年没有吃樱桃了。过了许久，她回过神来，他心里也是疑惑，这个地方怎么不长樱桃呢？这个时候，如果自己能有一枝红樱桃献给她，再说出憋在心头的话语，自己一定会走进她的心田。他想。

第二天，他找了一个借口，走了十几里的山路，来到山外的小镇。已是初夏了，麦子扬了花，小镇上有许许多多卖樱桃的人。看见那一篮又一篮红嘟嘟的樱桃，他就想起她那红红的唇，他的心里一片灿烂。来一次小镇不容易，平常他一定会办许许多多的事情，但这一次他只是精心挑选了两斤又大又红的樱桃，便急急地往回赶。为了他，她已经有两年都没有吃樱桃了。这个年代，红樱桃已经算不上什么稀罕的东西，但他还是急着赶回家去，他想让她尽快吃上红红的樱桃。

可惜，她没有吃上他买来的红红的甜甜的樱桃。虽然十几里的山路他只走了两个小时，虽然每一粒樱桃都是他精心挑选的。当他回到山里满怀欣喜打开纸袋叫她吃樱桃的时候，发现樱桃全都乌黑了，就像是谁用开水烫过一般。不要说吃，就连看一眼心里也会十分难受。怎么会这样呢？他还没弄明白是怎么回事呢，泪水就从她的眼睛里流了出来。抹去泪，她就离开了大山。那时，他多么想留下她呀。可怎么留呢，这里连一株樱桃树都没有。她走了，他就想在这里栽下一棵樱桃树，他要让枝头结满红红的樱桃。

良种的樱桃树难栽，他就用了十倍的精力来照看它。春天里，他给树施肥，夏天他为树浇水，秋天里他为树培土，冬天里他又为树织了一个"温棚"。五年过去，昔日一棵小小的树苗，已长成一棵挺拔的小树了。春天里，它开了花。夏天里，它结了一树的樱桃。那一树的樱桃就像一树的红花，灼灼夺目。这时，他又想起五年前离开这里现在生活在城里的她。他想，城里虽然满街满巷都是樱桃，肯定没有他栽出的樱桃红；城里虽然时常可以买到樱桃，绝对没有他采摘的樱桃甜。好在这时，城里通往山里的电通了，山里通往城里的路也通了。他采摘了一篮红红的樱桃托人捎给城里的她，樱桃虽然红得太迟了一点，他想她一定会喜欢。因为，他听别人说过，她的女儿就叫樱桃。

永远的隔壁

爱在画中

　　他和她认识是在小城举办的一个画展上。那时他刚从乡下调到小城，小城的一切都显得十分的新奇，听说文化局举办画展，他就去了。去了就看见了她，见到了就被她迷倒了。他没想到小城里还有这样的女孩，温柔、娇羞、古典、优雅，像是林黛玉一般，他心里生出了一种奇妙的感觉。其时，她正在现场作画，他心里的感觉就像她笔下的油彩慢慢地浸润排铺，等她笔下的画面清晰地展现在他的眼前时，那种感觉慢慢地明晰起来，自己爱上这个女孩了，他想。

　　他真的爱上了这个女孩，在那以后的很多日子里，他常常梦见她。后来，他通过自己熟识的朋友了解她，他知道她出生于一个书香世家，毕业于省美院国画系，是书画院专职画家，她还结了婚，丈夫不仅帅气，而且很有钱，还有一个可爱的儿子。听了朋友的介绍，他明白自己没有机会了。他准备放弃。可惜，爱如咳嗽一样是不可忍耐的，虽然这只是一厢情愿的暗恋，他已品尝到了暗恋带给他的苦愁。为了减轻这份苦愁，有事没事他总会到书画院门口逮机会。机会真的很少，很少的机会之中他只能远远地看着她和同事说说笑笑进进出出。

　　好容易遇上了一次她一个人下班，他赶上前想说一句话，可她只是浅浅一笑，昂着头就走了。回到家，他十分沮丧。他恨自己条件跟不上别人，长相跟不上别人，就连胆量也跟不上别人，沮丧之余，他去购买了许多有关绘画方面的书籍，潜心阅读，他想搭建一个平台，和她有一个交流的机会。他本来是不喜欢书画的，可因为爱情的缘故，他很快地钻了进去。他不仅成为一个美术作者，而且很快成了一个书画鉴赏方面的行家。

　　因此，在另一次书画展上，他对她参展的字画作了很精辟的评点。于是，他就走进了她的视线。虽然这已是两年之后的事了，虽然他的年龄越过了艰难的三十岁，他还是觉得很值。他们常常电话联系，说绘画、谈书法，偶尔也见一次面，从来没有涉及有关感情的话题。一次酒醉之后，他和她又见了面，他借着酒劲说出了埋藏在心底许久的话语："爱你。""这样不好。"她说。"我知道，"他说着就把她揽在怀里，"真的很爱你。"三十岁的独身男人又说了一遍心底的话语。

"我知道，我也是。"末了，她也说了一句。她说了，可他还是知道，他们不可能走在一起。他知道她是一个古典保守的女人，能走到这一步已经很不易了，可他还是知道她不会离开她的丈夫，也不会告别她的孩子。他很无奈，也很痛苦，他就紧紧地紧紧地抱着她，不忍让她离去，他把她放倒在自己宽大的床上想做一点什么，她挣扎起来，走了，独剩他一个人在床上做起了两个人的游戏。冷静下来，他长长地叹了一口气，然后就和朋友去见了另一个女孩。

女孩真的不错，可和他心中的她一比较，就差得很远很远了。告别女孩，他打电话把自己的故事告诉了她，她知道后有异乎寻常的热情，问这问那，问得心里很慌。他挂了电话，就告诉朋友和那女孩不再谈了。她呢，她也给他介绍了女朋友，他见了她介绍的女孩，他哭了。他觉得很可悲也很可笑，真的，怎么会那样。做不成夫妻了，那就做个情人吧。他告诉她。她反问他，我们不是情人吗？我们不是情人是什么？他知道她对自己很好，好得好像是谈恋爱，反正不像情人，艺术作品中的情人，现实中的情人，好像都不太像，像是缺点什么。他把自己想象之中缺少的东西告诉了她，她说，我会给你的。他听了，就傻傻地等待。他是一个正常的人，他又是一个保守的男人，在等待中，他不愿意寻求其他的途径，他只好靠自己了。他常常不知道这叫什么事，他满怀期望地告诉她。她说我爱你，真正地爱你，可这不是爱你的内容。爱的内容是什么？他不知道，但他还是满怀希望地等待，在痛苦中等待。

有时，他们也谈论一些电视或是现实中的情人，谈起那充满激情而浪漫的生活，他不知道说什么，说什么都是伤害，他唯有等待。他只有用等待向她证明他对她的爱。等待到最后，他什么都不想了，他知道那些东西不可能得到。他也不再渴求。可他又不想离开，他就开始画画。画什么呢，当然是画她了。当初画画是为了结识她，所以画画时也只能画她。由着他的想象，她在他的笔下不停地变化，一会儿是唐朝仕女，一会儿是塞外佳人，一会儿是都市女郎。无论女孩怎么变化，都是那么美妙绝伦风姿绰约，出神入化。有行家见了，建议他把作品拿去参加画展，他一定会一举成名而身价百倍。他拒绝了。他说，这是我用心用爱画出的作品，我怎么能卖呢？她见了他的作品，顿时泪流满面，尔后悄然离去。

她走后，他的心里有了一种想哭的感觉，他只是叹了一口气，又抓起画笔仔细地修改那些画。看着自己笔下越来越完美的画，他的心中就升起了一个愿望——他希望她这些能够坚持下来该多么好。想到这里，他笔下的她越来越完美，越来越真实。画到这儿，他觉得自己很可怜，真的很可怜，他把自己的想法告诉了上天，他希望上天能够满足他的这个愿望。上天也许真的是感念他的一片痴心，上天在一个意外的机会点化他，让他用自己的血去画她的像。他虽然觉得上天的点化很荒谬，他还是虔诚地去做了。画手的时候，他刺破自己的手，用手上的血；画脸的时候，他刺破自己的脸，用自己脸上的血。总之，他按照上天的点化，画什么地方就用自己什么地方的血。

上天的点化真的很神奇，用自己的血画出来的画的确不一样，所画出来的皮肤、头发什么的和真的一样。只是，用血画像的确是太辛苦了，疼痛只是一个方面，血毕竟一次不能用得太多。因此，画这幅画他用了整整九十九天。九十九天画出的画像惟妙惟肖无可挑剔，可是他的身体几乎垮了。脸色苍白，浑身虚脱，说话都没有气力。可是他还是拿起画笔开始画。画什么呢，什么都画了，从表面上看，画得几乎和真人一样，仔细一看却少了神韵。

他知道，应该给她画一颗心，有了心，她就有了真情，也就会神采飞扬了，那时她也就会真真正正来到自己身边了。想到这里，他举起油画刀。只听"当"的一声，他就晕到了。醒来的时候，他发现自己正躺在她的胳膊弯里，她脉脉含情地看着他，一口一口地给他喂着药。药吞下去，成功的泪水就慢慢地流出了，小屋里弥漫着幸福的阳光。

恋爱中的男人

男人是个很有特点的男人，他不仅爱好琴棋书画，也喜欢吹拉弹唱。就连喝酒抽烟也不比别人逊色。因此，他身边的追随者总是一络一串的，可他谁也不想答理。其实，他并非是出于骄傲。他只想多学几手，好更像一个男人，日后好在社会上保持一个男人应有的做派。

男人的想法很快得到了实现。因为他的爱好使他更富男人味，他毫不费力地找到一份受人羡慕的工作，并且在众多的追求者队伍中选择了一个温柔漂亮最具魅力的女孩做了女友。男人开始恋爱了，男人身上的男人味也更具魅力。为了心爱的女人，男人戒掉了持续了十年的烟瘾，为了讨得美人一笑，男人诀别了钟情已久的酒杯。后来，男人自觉或不自觉地抛弃了许多不良的嗜好，男人只爱着自己的女友和一些高雅的爱好。别人觉得男人被女人调教得越来越可爱了，男人和女人感到的是爱的力量和爱的伟大。

爱情的力量愈来愈大，男人的变化也愈来愈大，被男人爱着的女人也愈来愈漂亮。因此，男人的变化就越来越自觉了。女人不喜欢球赛，男人就不看体育频道；女人不喜欢吉他，男人连歌都不唱了；女人不喜欢下棋，男人就当着朋友的面，把朋友送给的棋子转赠了他人。送走了棋子，朋友拂袖离去，男人也不为所动，一眼只盯着自己的女人。女人被盯哭了，终于倒在了男人的怀里。

"对不起，我并不是反对你下棋，你也不该这样对待你的朋友。"女人说。

"我是一个真正的男人，是男人就应该忠诚于爱情。为了爱，我情愿失去所有。"男人信誓旦旦。

"其实，男人应该有自己的爱好和特点，有自己特点的男人才有男人味。"女人说。"男人只有在自己不爱的女人面前摆出一副男人的做派，男人在自己爱着的女人面前就会情不自禁地失去自我的特点。"男人说。

"真的吗？"女人很激动。

"真的，不信你可以检验。"男人说。

也许是女人想检验一下男人爱的程度，也许男人为了表白自己爱的心迹，女人的态度似乎越来越骄横，男人的爱好抛弃得越来越彻底。女人不喜欢男人引以为荣的工作，男人就调换了一个女人喜欢、自己不爱的工作；女人不喜欢墨香，男人就放弃了祖训背弃了书画。女人在男人的变化中看到了爱的真诚与执著，男人在女人的骄横中感到了爱的力量和伟大。

于是，女人终于被男人感动得泪流满面了，男人就有了勇气和力量，终于向女人求婚了。男人说出了心中珍藏了许久的话语后，就盯着女人，女人也盯着男人，泪水肆溢。过了许久许久之后，女人终于擦去了眼泪说：

"为了爱，你失去了自我，现在你还拥有什么？"

"为了爱情我失去了所有，但我拥有爱情。"

"你失去了自我就失去了所有，爱情有何依托呢？"

女人说罢，就伤感地离去了。独剩男人坐在那里说不出话来。此时，男人才明白：爱情是有所依托的，失去了自我的魅力，你就会失去所有，爱也会失去了依托，爱又如何。

恋爱中的女人

　　女人发现男人注视她的目光痴痴地发烫后，怦然心动地冲那男人羞涩地笑了笑，算是回应了男人的企盼。女人开始恋爱了。

　　女人成了恋爱中的女人。

　　女人成了恋爱中的女人，女人就变得更加羞涩而美丽了。况且，那个男人又是自己心中期盼的男人，长得高大健壮不说，又毕业于名牌大学，而且还有一份受人称羡的工作。女人是个聪明的女人，虽然深深地喜欢着那个男人，表面上依然保持着一份矜持也保留着一份若即若离的距离。她想，只有这样，才能给男人一份神秘；只有这样，男人才会觉得这份爱来之不易，才会倍加珍惜。

　　正如女人设想的那样，男人在她欲说还休的神态面前越来越真诚执著了。每每听到男人赤诚的表白，女人心底激动得泪水盈盈，表面上还是不著一字。男人犹如负重的挑山工，前瞻遥远的山头又回首身后的路，知道离山头很远，又低着头往前走。男人有时走累了，也会停下来看看四周的风景。这时，女人就会抛出一个美丽的希望，男人又铆足了劲，追着那个希望往前走。

　　男人又走了许久许久。眼前的希望也愈来愈近了，也仿佛只有一步之遥了。男人望着一步之遥的希望，对女人说："难道你不能向我走近一点吗？"女人说："只差一步了，你就走完吧。"

　　女人说这话时，心里充满酸涩也充满了幸福。她真的很喜欢这个男人，也希望成为男人永远的妻子。可她觉得男人做得还不够，觉得男人还应多走几步路。于是，充满激情的女人就把自己对男人的爱记在一本写给男人的日记里，把自己的情编织在日后送给男人的毛衣里。不过这些女人都没有告诉男人，男人只觉得自己的路只有一步之遥了，可一步之遥因为那个"遥"又让男人觉得太遥远了。

好在男人并没退缩，依然在那一步之遥的路上跋涉着。女人看到男人那辛苦的神态，真想自己走完那剩余的路诉说自己的真情挚爱，但她没动。她觉得女人的魅力只有在男人不懈的追求中焕发光彩，爱情的完美在于过程的曲折坎坷。于是，眼看男人走近了，女人又退了一步；男人走得只有半步了，女人又后退了半步。

女人在这一步之遥里品尝着爱的甘甜，男人却在这一步之遥里备受爱的折磨。

男人并没有放弃。男人怀揣希望和痛苦往前走。这次，女人没有退让，只有半步了，男人却止步不前了。望着男人眼里升起的希望之光，女人急忙地抛出了一个希望。她想，男人如若再走半步，她就会扑上去用自己一生一世的挚爱抚慰那颗被自己伤害的心。

可是，男人不走了。

男人说："我太累了，当我看到希望一个个地升起又一个个破灭后，我感到恐惧感到累。"

女人说："不会再破灭了，只剩半步就是爱。"

男人说："半步我也不走了，我不知那时我脆弱的心如何面对那沉重的爱。"

男人说罢就走了，头也不回地走了。

女人见了泪水汩汩而下，她为失去这么优秀的男人感到惋惜，她更为男人只剩半步失去自己感到遗憾。她想，只剩半步呀，他就走了。恋爱中的女人至今还不知道那半步是该她走的。因为任何一条爱情之路都是男女共同走完的。如果一个人走完全程，那绝对不是爱情了。

六指的爱情

六指是个混混，三天总有两天被请进派出所。派出所进得多了，左邻右舍都看不起他，弄得他七十多岁的父亲脸上也挂不住。

老爹的老脸挂不起事小，更重要的是六指说不下媳妇。七十岁的老汉说不定哪天就咽了气，咽气之前他想看见儿子娶个媳妇添个孙子，可惜这事儿很难办到。正派女孩看不上不正派的六指；不正派的女孩，不正派的六指还看不上她。

看见进进出出形单影只的六指，他老爹只好唉声叹气地喝酒。六指见了，屋里待不住，又拎着啤酒瓶在街上转。他想，保不准哪天自己碰上一个自己喜欢的正派女孩呢。

六指还真有福气，果真碰上了一个正派女孩。

这天晚上六指又喝了几盅酒，酒喝多了就上街。谁知走到街头十字口时，就看见两个混混在纠缠一个乡下女子。六指平日是不招惹老人和女孩的，他也看不起纠缠女孩的混混。于是，他走上去三拳两瓶子就赶走了那两个混混。

六指结识了这个女孩。女孩不仅长得可人，而且挺聪明，第二天见了六指就大哥长大哥短的叫得挺亲热。六指起初以为女孩是为了感激他呢，没想到女孩却喜欢上他了。六指虽然坏，但绝不想趁机占女孩的便宜。第二天见到女孩，他就把自己的故事全盘托给了女孩，女孩并不在乎，反而更喜欢他的坦诚，恋爱关系也就这样定了下来。

六指变了，县城东西南北的街道上都不见他，昔日的哥们儿也找不着他的身影。哥们儿好不容易找到在建筑工地上当小工的他，原来赚钱的行当六指不干了，依然是一担一担地挑沙子担砖头，六指脱胎换骨了。

当小工挣的钱太少了，十天半月的还不够给女孩买一件像样的衣服，每每看到女孩一脸的笑，六指就愧得慌。末了，他就做通了女孩的工作到山西挖煤。

挖煤虽然辛苦，可终究是挣钱。心中揣着女孩的六指，不到半年，就挣了一万多块钱。想起朝思暮想的女孩对自己的思念，六指揣着钱回到县城。他想，有了这一万块钱就可以支个小摊子，自己就成了小老板；过几年小摊子就成了大摊子，自己就会成为大老板。那时，女孩就是老板太太了；那时，女孩就会觉得自己选择的正确。

回到县城，六指的摊子并没有支起来。女孩病了，女孩需要一大笔钱去做手术，当六指把那一万块钱交给女孩时，女孩依偎着六指哭着说：

"六指，我们算了吧，我的病没治了。"

"拿着，只要有一线希望我都要给你治。"

"不治了，得好几万呢。"

"要治，就是砸锅卖铁也要治。"

想起女孩对自己的千般恩爱，六指不顾父亲的反对四下里借账。过去的亲戚早和他断了关系，六指还是五十、一百的四处磕头参拜。可惜，十多天了只借了几千块钱。想着爱着自己的女孩就要失去生命，六指难过得哭了。

后来，六指就出事了，借不来钱的六指想起了自己的老本行。六指又偷的时候，失手杀了人，杀了人的六指在牢里仍然挂念女孩治病的钱，可惜他已经没法子了。唯一的办法就是让老爹不要告诉女孩自己的事情，再让父亲用房产抵押贷一点款。

再后来，六指就死了。六指死后，六指的老爹觉得六指不像个坏人了，就想把六指的死讯告诉那个女孩。再说他已按六指的嘱咐把老房押贷了两万块钱。

六指的老爹找到那个女孩，女孩正忙着结婚。六指的老爹问她的病治疗得怎么样了，那个女孩说她有病只是摆脱六指的一个借口，没想到六指却当了真，真是个傻瓜。

女孩说罢就款款地走了，走进自己新婚的欢乐声中去了。这时，六指坟墓上的新土还冒着湿湿的地气。

爱是一支烟

　　文洁说，他见到芦红的第一眼就爱上了芦红。那时的芦红是一脸的络腮胡，满眼的忧郁。她想，他两眼里也有说不完的故事，那胡子会让她度过许许多多寂寥的岁月。于是，她就利用工作上的便利，有意无意制造许多和芦红单独相处的机会。单独相处的时候芦红眼里依然是忧郁，胡子里仍旧是深沉。文洁就从芦红的眼睛里和胡子里找到了自己的追求。她说她一定要赶走他眼里的忧郁，带给他一生的快乐。

　　当文洁在思考如何才能走进芦红心里、给他带来一生的快乐时，文洁认识了芦红的女朋友舒雅。舒雅长得美丽、端庄、典雅，和芦红走在一起真是天造地设的一对。坐在窗前，看着芦红和舒雅手拉手走出单位大门，她说她禁不住哭了。抹去泪，她找到了一千个一万个不再寻找芦红的理由，那份情感依然是难以割舍。她仍然是有意无意创造许多和芦红单独相处的机会。在这些机会里，她是那么的痛苦，却又是那么的幸福。

　　文洁就在这短暂的相处中痛苦着又快乐着。她说她真的不敢设想对芦红的爱。芦红真的太优秀了，可是面对舒雅那么一个能让芦红放弃所有的竞争对手，她只好把自己的爱深深地掩藏在心里。爱一个人就是让一个人幸福，这是文洁的选择。文洁就苦苦地暗恋着芦红，她不想破坏他们已有的那份宁静和默契。可爱是难以掩饰的，文洁有时还是冒出几句傻傻的话语，或是露出一副憨憨的傻态。好在芦红很宽厚，始终像哥哥一样，每每到了这时他就会点燃一支烟，给她讲述一些久远的故事。也就是在这个时候，芦红的眼里才没有了那份忧郁，显得那么平静；也就是这个时候，她的心里又会升起一份暗暗的期盼。她期盼着芦红能伸出他的手握住自己的手，说一些自己喜爱的话语，她就无所求了。

可芦红一直没伸出自己的手,而是在一个雨后的黄昏芦红讲述完自己的故事后,芦红告诉文洁他要结婚了。当芦红说出这句话时,文洁发现芦红的手在抖。望着那不停抖动的手,文洁告诉自己别哭,文洁说她听到自己的心在破裂的声音。她说她知道芦红的选择没有错,她真想把自己心里设想了万遍千遍的祝福的话语说出来。她却说不出来,她说她会哭。她说她为芦红点燃了一支烟,她就轻轻地走了,她担心自己的泪水会泯灭那一星烟火。文洁知道只有手中飘飘渺渺的烟雾才能抚平她忧郁的伤口。

文洁一走出门就忍不住泪水长流。回到家里,她的泪水仍然像芦红的烟雾飘飘渺渺挥不去抹不尽。文洁想,任它流吧,当她没有泪水时,她就远离这座小城。这时,文洁听到了敲门声。文洁说她有一种预感,急切地拉开了门,她就看见了芦红,芦红的双手不由分说把她揽在怀里,说:

"文洁,嫁给我吧。"

"为什么?"

"因为那一支烟让我明白,你爱得执著,你爱得真切。"

芦红说罢,芦红的吻就伴着淡淡的烟香靠近了她的港湾。文洁说她此时才明白,爱有时就是一支烟,像一支烟那样宽宏,像一支烟那样充满关爱。

永
远
的
隔
壁

有虫眼的豆子

五队的队长叫老甩。

五队本来有一个队长，人姓白，心却是黑坨坨的。白队长的黑坨坨的心从不估摸队里的事，也不估摸家里的事，整天估摸别人的事。估摸着怎么让别人把自己的东西送到他家里，估摸着怎么把别人的女人哄上自己的床。种下的苦瓜籽多了，苦瓜就出了。老甩一吆喝，队里人一声吼，齐刷刷举手把老白拉下来，又齐刷刷举手把老甩推上去。老甩为人耿直，做事公道，政策也硬，又不和别的女人挤眉弄眼，好多人都说他干得好。队长是个苦差事，干得好就容易得罪人，得罪了人，就有人说他干得不好，世上没有公平秤。

先是老白。老白干队长时是不干活的，还可以白占队里的东西，还可以白睡别人的女人，日子挺熨帖。老甩干了队长，他就没了这些特权，还要苦扒苦作，一杆秤分粮。接着是老白睡了的那些女人，老白做队长时，她们可以不干活或少干活，还能得到许多便宜。老甩做队长了，不喜欢这一套，她们就没了这些便宜。于是，老甩这队长还没干上一年，这些人都嚷嚷要改选队长，把老甩选下去。村里人没文化，选队长不易。已经开了两天会了，还没商量出个选举办法。老甩说是用老办法：举拳头或是站队。可老白知道自己不得人心，就不答应。老甩说全队没人识字，请村上老师帮忙。老白信不过，也不答应。弄得老甩也没办法，就问大家，大家也没主意。

生生是熬了两天两夜，也没生出个选队长的法子。熬到第三夜了，老白生出一个法子。老白说："我们选豆子。"老甩说："选甚豆子？"老白说："我俩一人一只碗，社员一人一粒豆子，他们选谁就给谁碗里装豆子。哪个碗里豆子多，哪个就是队长。"老甩说："和举拳头、站队一个样。"老白说："不一样。"老甩乜了眼老白，就想起满坡焦黄的庄稼，应了。

老甩就起身同会计去找豆子，剩下老白冲着几个女人"哈哧哈哧"笑。老甩和会计找回了豆子，也找回了两只空碗。老甩说："有红纸的是老白的，没纸的是老甩的。"说罢，就发豆子，每人一粒。人们捏着豆子，就觉得豆子沉甸甸压得心慌，就像拿着个金元宝，拿在手上细细瞅。好久没吃顿饱饭了，有人盯着豆子就生出饿意。只听老甩喉结上下一滚，恶出一声脆响："都别吃了，那是队长呢！"那是队长，自然是吃不得的。再仔细瞅一遍，又舔一遍，都庆幸没吃，豆子有虫眼呢。于是，依依不舍地把豆子丢进碗里，碗里就生出一串好听的声音，漾在心里好舒坦。老甩听了，就笑了，投豆子的人也笑了，老白也厮跟着笑。这时，不规矩的男人就在女人的大腿上掐一把，女人夸张地一叫，会场上热闹得很。

选举正在继续。老甩的老碗边排成了队。一人一粒，顺着碗边"叮儿当儿"叫得好听。听得老甩咧着嘴笑，豆子却长得慢。老白的老碗边虽然没几个人，一人却是一把，虽然没生出好听的声音，豆子却欢欢地长，长得老白咧着嘴笑。有人看出了蹊跷，拿眼去瞪老甩，老甩却不管不顾咧着嘴笑，会场上立马静寂了许多。手上没了豆子，碗里也没了声响，老白盯着碗里的豆子"哈哧哈哧"地笑，老甩也厮跟着"哈哧哈哧"地笑。笑罢了，老白端起老碗，高喊一声："我是队长！"老白喊罢，又"哈哧哈哧"笑，老甩也不言语，厮跟着"哈哧哈哧"笑。

老甩说："队长还是老甩！"老白说："我的豆子多，我是队长！"老甩说："我的豆子多。"老白说："我堆尖一碗，你只有半碗。"老甩"哈哧哈哧"笑了一阵，说："我发出的豆子都是有虫眼的，收回来的也都是有虫眼的。你数你老碗里有几粒有虫眼的豆子。"

老白听了老甩的话，立马傻了眼。老甩发的豆子确是有虫眼，他接过手仔细瞧了瞧，又扔了。没想到自己精心挑选的圆豆子，却被老甩有虫眼的豆子算计了。老白想到这儿，"啪"的一声把手中的老碗摔了，圆溜溜的豆子在会场四下乱钻，人们哄笑一片，四下抢起来。

　　这时，老甩就甩出一声队长的恶吼："豆子都交回来，还可以种二分地呢！"

守林子的树桩

树桩不是树桩，树桩是一个人。

树桩今年六十岁了，是个老树桩了，老树桩仍然住在四十多年前的那所石板房里守护着那片林子。

比四十年前还早一些的时候，树桩是公社伐木队的队长。树桩领着公社抽调的百十个劳力挨村子砍树。那时的树桩年轻，身体壮得像一头牛，砍起树来像是和树有几辈子冤仇似的狠，梆梆梆，随着木屑飞溅，那树"咯扭"一下就倒了。树倒了，粗的交给公家，细的就用来炼钢铁，还有一任它倒在地上长木耳或是生蘑菇。木耳或是蘑菇长了摘，摘了又长，一茬挨着一茬子，犹如树桩家的奖状，一张跟着一张来。只是那树倒了就倒了，再也长不出来，那山就被他的斧头砍得精光。每每看着被自己伐光了树的山坡，他就笑了，他冲着满坡的树桩说："看你厉害还是我厉害！"

树桩真的厉害，可山比树桩更厉害。树桩领人砍完了他屋后那片林子后，下了一场暴雨，山洪就带走了他的家也带走了他的女人他的猪他的羊。山洪下来的那夜，树桩正在邻村砍树。树桩听说后，知道山神发怒了，他犹如大梦初醒，就把自己的斧头在石头上砍，使劲地砍。坚硬的石头被砍得粉碎，他就把斧头砍成烂铁疙瘩，树桩才扔了斧头奔回家了。

可是家已经没了，有的是满坡的沙石和浑浊的洪水，汹涌着流向倒流河。没有家了，村里就在后沟口给他盖了一间石板房，他要求看护后沟经常被外村人偷伐的林子。一坡的林子已被砍了一多半，村里还要砍，只是村里急着要砍前沟，要砍右沟，还要砍左沟。起初树桩还去阻挡。可他挡了左沟，人家砍右沟，挡了右沟，人家砍前沟，那么多的沟一个人是挡不住的。挡不住了，树桩只是照看后沟。照看后沟的时候，他在后沟的荒坡上栽树，一棵棵地栽，一年年地栽。

树桩的树还没栽出名堂，村里人砍完了前沟，也砍完了左沟，又砍完了右沟，村里人就打算砍那没有砍完的后沟。后沟里有树桩，树桩不答应。村里组织再多的人树桩都不答应。树桩就像一个树桩一样插在通向后沟那一条唯一的便道上，没有人上得去。软的不行，硬的也不行，就连"文革"时他戴着一顶坏分子的帽子时，也没有人敢上后沟去伐树。有人想伐树了，他就像一截树桩一样立在通道中间，谁也上不去。集体伐不成了，个人就想到偷。树桩不仅喂了狗，而且在便道上安插了许多的铃铛，一有风吹草动，树桩就铁着脸坐在便道上抽烟，一任别人好话磨烂了嘴皮，他仍就是一动不动。无论是村长，还是亲戚，他都不让。记得有一年村长给他介绍了一个女人，女人喜欢树桩，树桩喜欢那女人。两人睡在一起了，女人想弄一棵树给快要出嫁了的女儿做一张桌子陪嫁女儿，嫁了女儿然后就嫁自己。可树桩怎么也不答应。树桩不答应，女人掀了被子就走了。走在崎岖不平的夜路上，女人只想要树桩能送自己一程，自己也就原谅了树桩。可树桩愣是没有动身，他担心他送女人的时候，有人钻了空子偷了树。就这样，树桩看护住了那片林子；就这样，树桩几乎得罪了所有的人。

树桩得罪了所有人的时候，也救了所有的人。

那一年天下大雨，两天两夜的大雨泡软了前沟、左沟、右沟光秃秃的山。山坡上的泥土变成稀泥，就和着流水涌向了小村。小村没了，房子也没了，四处的人只有涌进了树桩看守的后沟。后沟的林子给了全村人躲避灾难的地方，后沟里的树木也给了全村人渡过灾难的粮食和籽种，全村人不住地念记起树桩的好处。

树桩栽下了树成了林子后，集体没了。集体没了，村里就把林子分给个人，个人都抢着斧子砍树。可树桩还是不答应，树桩摆出一副拼命的架势挡在便道上，人们也无可奈何。无可奈何的人就找到村长，村长只好把林子收回来，也撤了树桩的护林员。断了工钱，也断了他的口粮，树桩几近失去了所有，但他守住了这林子。他想，有了这片林子，他也有的吃有的喝，他甚都不在乎。

　　树桩不在乎，别人很想把那片林子变成大把大把的票子。四周的树都砍完了，唯有这块不得砍伐，眼看着大把大把的票子躺在那儿不能利用，人们就积极地想办法。可他们想尽了四十年的办法，树桩仍然不为所动，树桩一动不动地守护着那片林子。

　　待我死了你们再打它的主意吧。看着那片林子，树桩想。

　　死了我也要守住那片林子。看着那片林子，树桩又想。

四　奶

　　四奶甚时来到冷水河，没人记得了。只记得那年瓦的娘生瓦，爱折腾的瓦折腾了三个时辰，瓦还不愿出来。接生婆问是保大人还是保小孩时，那时还是四婶的四奶杵着小脚一捣一捣地来了。四婶净了手，又用艾香薰了薰，伸手就把爱折腾的瓦拽了出来。捞住腿，又在瓦那粉嘟嘟的屁股上扇了两巴掌，瓦就响亮地号叫开了。瓦的娘听了，脸上也有了血色。

　　自此，人们就记得了四婶。四婶从哪里来？四婶有男人吗？四婶有儿女吗？没人知晓。只晓得四婶住着村口的两间瓦房。房外屋檐下有箱蜜蜂，墙角有一群鸡，房前有一块地。地边有四奶栽的一株桃，一株梨，一株枣，一株枇杷。平日里，四婶就在那块地里侍弄庄稼，或是坐在门前做针线活，四婶的鸡和小花狗就打闹戏耍，蜜蜂飞来飞去地忙活，桃花梨花妖妖地耀眼。逢着谁家的女人要生了，只消在树下咳嗽一声，小花狗竖起耳朵就叫，鸡就静卧脚前，四婶浅浅一笑，放下家什，杵着小脚一捣一捣地就走了。夜里回来，挂着一脸的灿烂，找出一块红布，绣上虎头、二龙戏珠，或龙凤呈祥、鸳鸯戏水的图案，装上麝香、雄黄、朱砂之类的，做成一个红兜兜。第二天，给那孩娃系在圆鼓鼓的肚子上。

　　红兜兜镇灾避邪，孩娃没病没灾疯疯地长。就是生了甚病，也没甚可怕的。只消在树下"咳"一声，四婶踏着狗声就来了。气喘了，就用梨子煨冰糖；咳嗽了，就在枇杷叶上抹了蜂蜜煎水喝；发筋了，她用麝香烧艾香推抹。凡是小孩的病，四婶没有治不了的。况且，都是些小东小西的方子，也花不了甚钱，四婶又不收谁三条黄瓜四棵白菜。第二天，男人上山得了麝、采了金差，给四婶分一点，四婶又有了给孩娃治病的药了。村里人重情分，欠了谁的人情，总要设法子还上。杀了猪，拎一块肉；年关了，就逮一只鸡，颠颠地给四婶送去。送来了，四婶也高兴地收下。只是三天五日的，四婶又来了。拿一斤红糖和一双绣花鞋，或是三尺洋花布。看着那糖、那鞋、那布，比那肉那鸡贵出了许多，心中兀自没了意思。以后么，就瞅着机会把四婶门前的地翻了，或是把队里分给四婶的粮食送到家里。四婶心里高兴，不住地说着感谢的话。逢着谁家孩娃没奶吃了，她就买了红糖、拿着鸡蛋给人家送去。这是救命的东西，情分是没法还的。得了闲，女人就拉着孩娃去四婶家拉闲话，四婶的家中整天都是热热闹闹。在这热闹声中，也有人想给四婶找个伴儿。可是人们不知道四婶从哪里来，四婶有没有男人。末了，他们又想，即便就是四婶没有男人，满村里谁又配得上四婶的贤淑和美丽呢？没人配得上，人们只好作罢。也有人想让自己的孩娃把四婶认作干妈，又想四婶对谁家的孩娃都亲着爱着，也只好作罢。只是以后到四婶家来得更勤了，帮忙的也多了，四婶家里好滋润。

就这样，挨着瓦的媳妇生下小瓦时，四婶明显地老了。四婶就成了四奶。成了四奶的四婶平日里依旧在门前的地里侍弄庄稼，或是在门口做针线活，新来的小黑狗和先前鸡的后代们就在院舍里戏耍，蜜蜂在枝头花间忙活，桃花梨花妖妖地耀眼。这时，村里虽说有了医疗站，却没人信得过。十天半月的，那树下就有一声咳嗽，引出小黑狗的一声欢叫。四奶就放了家什，踏着狗吠一捣一捣地走了。夜里回来，依旧是一脸灿烂的笑，找块红布，绣上虎头、二龙戏珠，或是龙凤呈祥、鸳鸯戏水的图案，装上麝香、雄黄、朱砂之类的东西，做成红兜兜。第二天，又系在孩娃圆鼓鼓的肚子上。孩娃气喘了，依旧吃四奶的梨子煨冰糖；咳嗽了，四奶还用枇杷叶抹了蜂蜜煎水喝；发筋了，四奶还是用麝香点艾香推抹。都是些小东小西的方子，四奶又不收谁的三条黄瓜四棵白菜。

四婶成了四奶后，一切都似乎没变，其实一切都变了。四奶亲手栽植的桃树、梨树、枣树、枇杷已长得有水桶粗了。红兜兜上的图案虽然未变，红兜兜里虽然依旧装着麝香、雄黄、朱砂，但系红兜的孩娃已不是当初的孩娃了，当初的孩娃已成了孩娃的父亲或是母亲。山里也没了老獐了，红兜兜里的麝香是四奶托人从山外买回来的。日子日渐好了，村里的喜事也日渐地多起来。三天五日的，就有人娶媳妇或是盖房子，要么生儿育女，家家都要摆几席，把四奶请上首席。四奶虽说不喝酒不吃肉，但谁也忘不了四奶。吃罢了喜酒，四奶就让当初的孩娃帮她搞下了满树的梨，或是桃，或是枣，或枇杷，每家每户送一点，然后背进城卖个好价钱，捎回一些红布、花线、雄黄、麝香、冰糖。这些都是四奶离不了的，也都是那些孩娃离不了的。

又是春天了，四奶门前桃花红得妖娆，梨花刚吐白，枣树吐出新芽，枇杷是一片苍翠。四奶就坐在院舍晒老阳儿。四奶面似桃花，发如梨白，身子骨还显出硬棒。四奶该是七十，还是八十，没人知晓。四奶接生了多少孩娃，救了多少孩娃和孩娃他娘的命，没人知晓，四奶也不知晓。四奶坐在院舍里晒老阳儿，看见当初的孩娃在山峁拦羊，在山腰开矿，在河边种地，看见孩娃的孩娃在学堂里读书，在操场上打球，在教室里唱歌。四奶看到这儿，浅浅地笑了。笑罢了，四奶就闭上了眼睛。

四奶死了。四奶死了，小黑狗卧在她的脚前，鸡在她的身后觅食，蜜蜂在花间忙活。一阵风拂过，粉红的桃花，洁白的梨花，飘落在四奶的头上、脸上、身上，枝头上就隐约可见小小的桃或梨。枣树也有了绿意，宽厚的枇杷叶间的枇杷亦有指头大小了，门前的地里是一片绿意盎然。

打锦鸡

打锦鸡的时候我还在一家山村小学里教书。我们学校有一个叫"田寡妇"的老师，打锦鸡我就和"田寡妇"在一起。

"田寡妇"不是寡妇，是个男人，是我们学校的教导主任，一个很善良很可敬的人。因为那时小学课本里有一篇《田寡妇看瓜》的文章，被他讲得绘声绘色而获得全镇老师的好评，他就拥有了这个美好的别称。

锦鸡不仅毛色绚丽多彩美丽异常，而且长长的尾巴非常靓丽。老戏里的穆桂英常常都是戴着这种尾羽披挂出征的。我们不仅仅是为了锦鸡美丽的羽毛，也是为了打打牙祭，更是为了寻找一点乐趣。

打锦鸡当然是在夜里。锦鸡不但漂亮，并且非常机灵，白天里稍有一点风吹草动，它就呼扇着美丽的翅膀从枪口边飞走了，就像一个美丽的女孩嗅着男人身上的穷味一样，一点都不留恋。到了夜里，锦鸡们就飞进林子里，要么攀附在藤架上，要么站在树枝上。这时，我们走进林子，站在树下，或是藤架的下面，拿着装有三节电池的手电，美丽的锦鸡见到灯光，就像女孩听见白马王子的爱情表白，高兴地叫起来，站在那里不敢动弹。漂亮的锦鸡就跌进"田寡妇"的陷阱，我们的餐桌就多了一道诱人的野味。

不知和"田寡妇"一起打了多少回锦鸡，也记不得吃了多少盘锦鸡了，我才发现学校的一位漂亮得如同锦鸡一样的女教师未动一箸。于是，我就问她为什么不吃锦鸡。她说又不是我打的，我凭什么吃呢？说罢，她就冲着我笑，从她的笑脸上我知道她想跟我去打锦鸡。这时，我已是一个不错的猎手了，我就答应和她一起去打锦鸡。

"到了，就是这片林子。"我紧张地说。

"锦鸡漂亮吗?"望望幽深的林子又看着我手中的枪,她问。

"那还用说?"

"那么美的生灵你忍心去毁灭吗?"她又问。

以前我真的没有想过,经她这么一问,我觉得锦鸡是不该有此一劫。锦鸡那么美丽那么热爱光明,我们却因为它的美丽和它对光明的热爱而毁灭了它,想起来真卑鄙呀。我说,我们回吧。我打开了手电,美丽的锦鸡在橘黄的灯光下显得那样妖娆。于是,我回头看看她,她也仰着楚楚可人的面孔看着我:"我漂亮吗?""漂亮。""你不想给我说一句什么吗?"

望着美丽的她,我说:"我穷。"

"穷我们可以挣。"

我知道迷人的灯光亮起来了,猎人手中的枪就会响了,我跌进了她的陷阱。

很快,我发现那真是一个陷阱,那是一个爱的陷阱。虽然我没有成为一盘美味,但我心灵上的创伤永远难以愈合。虽然心灵的伤口没有愈合,可我还是记住了她。如果再有一个女孩说出她说过的话语,我仍然会像黑夜中的锦鸡见到了迷人的灯光一样,纵然紧接着就是枪子儿,还有陷阱,我都会静静地等待着这一切的降临。有谁能够拒绝美丽的爱情呢?

没有篱笆的果园

看园子的老汉叫三伯。大人这么叫，我们小孩子也这么喊。他好像与倒流河的人没有什么亲戚关系，哪一家过红白喜事都不见他，三伯只是我们对他的称呼。

三伯的果园在倒流河的边上，篱笆墙的里边。篱笆墙里有很多果树，春有樱桃，夏有杏子、葡萄，秋天里就是苹果、酥梨，冬天虽然没有水果，一树树的枇杷花却分外地香甜。因此，每个季节里，我们小孩子都可以在果园里找到我们的快乐。可是，三伯生生是用一道刺篱笆隔断了我们通往欢乐的路，然后用一条狗看着。

三伯喂了一条狗，三伯看园的主要帮手就是这一条。记得那是一条黑狗，遍体像是刷了黑色的油漆，乌黑发亮而没有一根杂毛，三伯就常常坐在果园门口的大青石上用梳子给狗理毛，狗耷拉着耳朵吐着舌头高兴得直呜咽。只要一看到我们走近了篱笆，那狗就收起耳朵和舌头，不怀好意地盯着我们，直盯得我们头皮发麻离开了那篱笆，它才放下耳朵吐着舌头让三伯给它理毛。

因此，我们要想进果园就得先笼络那狗。笼络狗的办法我们想了很多。我们给狗弄剩饭，弄鱼，大头还把他家待客剩的腊肉也弄来小半碗。三伯的狗很讲原则，绝不贪吃。它不吃，我们还是没有进园子的机会。我们就想用套或是用其他的什么办法把狗拴住套牢。那狗真的太聪明了，无论我们用什么办法都被它识破了。办法想了很多，却没有一个有效的，我们只好去找补鞋子的驼子。补鞋的驼子虽然长相猥琐，心眼儿却活泛。听了我们的话后，驼子就让我们找一条母狗领去，保准没问题。

于是，我们就按驼子的话把张理家的母狗牵了去，那狗真的几声呜咽就把菜园狗领到河边去了。那时正是樱桃成熟的季节，我们偷偷溜进园子，爬上渴慕已久的樱桃树。以前吃的樱桃何曾有这么红、这么甜，我们记不得了，我们只觉得三伯的樱桃真的很甜。我们就放开肚皮吃，直吃得实在是咽不下去了，我们才跳下树跑出园子。那一次的樱桃真的吃多了，以至于后来我们的牙都软了，三天也吃不成饭。

可惜，三天过去了春天也去了，挨了一顿饱打的黑狗再也不敢答理张理家的黄狗了，我们也没了再进园子的机会。但我们不死心，我们总想再次走进那园子。那狗在那一次饱打之后更忠于职守，只要我们一走进园子，那狗就叫，如果我们不走，它就会发出狂吠向我们冲来。这时，三伯踏着狗声出来，我们就彻底地失去了再进园子的机会。

怎么再次走进那园子呢，我们还是只有打狗的主意。可是，任凭我们想了多少好办法，任凭孩子出了多少馊主意，我们总是没有机会再进园子，篱笆太高，黑狗太厉害。因此，我们决定报复黑狗，报复三伯，报复果园。

我们想把那篱笆砍了，却又近不得篱笆。我们就用弹弓去打狗，狗很奸猾，一听到石头的风声，就狂叫不止。三伯就出来看，我们吓得四处逃窜。后来，我们又害狗，几个人分别在果园的四周向园内掷石头，狗以为园子进人了，四下追赶，累得狗"呼呼"地直吐舌头，我们得意地"哈哈"大笑。每每我们的笑声还没停止，就被三伯拽到父母的面前，我们的屁股就会留下父母的鞭痕。明天，摸着隐隐作痛的鞭痕，我们又用弹弓去射枝头葱绿可爱的杏儿、苹果、酥梨和密密的葡萄。只要看到地上葱绿的果子，我们屁股就不痛了，就是被父母狠打，也绝对听不到我们的哭声。到了果子成熟的季节，看到高高枝头上仅剩的几个果子，我们心里又有着说不出的快慰。

无知的童年就在和三伯的作对中度过了，三伯的篱笆越长越牢实，狗也越来越奸猾。我们虽然长大了，又有了一批不懂事的孩子，果园依然是他们寻找欢乐的地方。直到我离开故乡，记忆中，三伯果园里的果子很少能长到成熟的时候。

在外漂泊了多年，故乡印象最深的仍然是三伯那诱人的果园。高高的刺篱笆，还有围着篱笆转悠着的一身乌黑而且没有一根杂毛的狗。去年秋天，奶奶进城我问起了三伯，问起了篱笆里的园子，也问到了那条黑狗。奶奶说，黑狗已经死了，刺篱笆被三伯砍了，那片果树却很是争气，一年比一年地繁茂，一年比一年地香甜。我又问没了篱笆、没了狗，果子咋能越长越繁茂呢？奶奶瘪瘪嘴，也说不清，她只晓得三伯每次送给自己的果子越来越多，也越来越甜。我想象不出果实是怎样的繁茂，果子是怎样的香甜，但我真的很喜欢没有篱笆、没有黑狗的果园。

名 字

　　王老师一手摁着那张表格，一手捏着钢笔，死活记不起自己叫什么名字了。

　　王老师本来是有一个或是两个名字的，可自从他在村小开始教书后，人们都喊他"王老师"。喊得久了，人们就忘记了他的名字。王老师自己本该是记得的，可捏着钢笔却怎么也想不起来了。

　　于是，王老师就推着时间往前撵。

　　撵到没教书时，王老师想起了自己的小名，好像是叫"狗蛋"或是"狗剩"。只是这名字用到上学，老师就把名字改了。改的名字叫起来拗口，写起来也麻烦，王老师也不甚喜欢，加上父母、同学仍然是"狗蛋"或是"狗剩"地喊，那名字只是老师写在成绩册上的记号，再也没了别的用途，名字就被淡忘了。小学毕业后，他就开始在村小教书，"狗蛋"或是"狗剩"再也没人喊过，都喊起"王老师"，名字更没人用了。那时民办教师又没工资，记工分、分口粮了，王老师就在别人画的或圆或方的圈圈后面写个"王"字，已是非常自豪的事了，哪还有闲心去写名字，名字反而成了累赘，以后就被他精简了。

　　后来，好像是有两个要用名字的机会了，王老师的学问也操练得很深了，他就给自己取了两个挺时髦的名字。只是那两个机会擦肩而过，时髦的名字却没派上用场，那名字也就随取随丢了。到了民办教师不记工分而领统筹款时，他的学生有的当了校长，有的当了会计，学生记不得老师的名字毕竟是件不好意思的事情，学生也羞于再问，工资册上就记个"王老师"，王老师签字了就写个"王"。即便是领导来校检查或是开会了，都尊他一声"王老师"，也没有谁喊过他的名字。

　　按说家里人应该有人知道吧，可他一想，还是没人记得。父母是早就死了，女人吧是自己的学生，结婚前喊"王老师"，结婚后喊"哎"。"哎"了三十多年，儿子大了，儿子却是土拨鼠，不必用他的名字。孙子倒是上中学，也经常填写表册，却用不着他的名字。名字彻底地被忘了。

　　真的是忘了，王老师怎么也想不起自己的名字了，那只捏笔的手就抖了起来。干了一辈子的老民办，教了一辈子的书，却没当过一天半天的公办教师，到老了反而把名字弄没了。如今不想教民办了，想干一件能多捞几个钱的事儿吧，却没了名字。重取个时髦的名字吧，已没了必要。王老师就在姓名栏里写下"王老师"。看着这三个字，那能多捞几个钱的活也没了再干的必要。他想，哪有老师不教学生的理儿呢？王老师想到这儿，就把钢笔装进了衣兜，再瞅瞅那名字，他就笑了。他想，那名字确实挺美的，将来死了，就把它刻在墓碑上，谁见了都会喊一声"老师"，那真是再美不过的事儿了。

永
远
的
隔
壁

老坎的麦田

　　新县长上任的第十天，狗日的老坎就把新县长告上了法庭。村上的人知道后，都替他捏了一把汗。跟县长打官司，那可不是闹着玩儿的。狗日的老坎不怕，他说他这次赢定了。

　　老坎是个狗日的，村里人都这么骂他，骂他是因为老坎不会过日子。

　　老坎单身一人，坡上有一丈山，河边有一亩好坪地，没负没担，应该是个好日子。可他就是不把日子当日子过。坡上的山任它荒着，河边的地任它长草。好心的老甩说给他把地犁了种了，他却让老甩管他一年的吃住。这样，他家的地只好那么闲着，任它长草，老坎就袖着手在村口浪荡，丢全村人的脸。

　　好在老坎那块地在路边，老坎的地很是抢眼。那一年老县长从地边路上经过时，看见了那块地，就找来村长，把老坎的地包了，做了县政府的实验田。说是县政府的实验田，县政府也没有人来种，只是春耕的时候到了，县长领着一些人来扶一回犁；夏天麦收了，县长又领着一些人来割一次麦。平日里，老坎就一次次去要钱买化肥，要钱买农药。每次去了，钱总是很足，那钱不仅买了化肥，买了农药，还能请几个庄稼把式把地细细弄一遍。剩下的呢，还够老坎一月俩月的酒钱。于是，那庄稼就在老坎的酒气中一日日地长。长好了，长熟了，老坎就穿戴一新等县长。县长走了，收获的粮食都是自己的了，老坎就可以在电视里、报纸上看到县长和自己亲热地说笑。每每这时，村里人都会笑着骂一句"狗日的老坎"，心里却是眼气得不得了。

　　今年风调雨顺，老坎的麦田更是喜人，硕大的麦穗生出诱人的麦香，老坎乐得合不拢嘴。合不拢嘴的老坎就念起县长的百般好处，老坎就急急地去找县长。县长没找着，倒是见了白白胖胖的主任。主任说，麦子你先留着，老县长调走了，新县长刚到，等新县长把情况熟悉了，我领县长来割麦子。老坎听了主任的话，就高兴地在家等县长。他想，不管你新县长老县长，割不割麦子事小，电视总得上，不上电视了，那电视里放甚哩。老坎是有经验的，老坎就消停在家里等。

老坎种的是良种，麦子黄得早，老坎的麦子黄时四周的麦子还是半黄的呢。现在，四周的麦子都黄了，老坎的麦子就黄焦了。老坎虽然不急，可四邻的村人着了急了，他们催着老坎去找县长割麦子。老坎知道县长不割他的麦子，别人的麦子是不能割的。为了村里人，老坎又去找县长。可县长总是忙，老坎不仅找不着县长，就连胖主任也找不着。老坎没办法，老坎就抱着电视找，可电视里满是新县长影子就是不见县长人。后来，好容易找到胖主任，胖主任说再等着。老坎呢，也只好等，只好在城里等，他害怕村里人找得他不得安宁。

老坎在城里等得正滋润呢，村里却下了一场冰雹。人家的麦子在老坎进城时就偷偷地割完了，独剩老坎的麦田被打得稀烂。老坎看看麦田里东倒西歪的麦秸秆，又看看满地圆滚滚的麦粒儿，老坎就找到县长，让县政府赔麦子。县长不赔不说，县长的态度还蛮横。于是，狗日老坎一气之下就把县长告上了法庭。

老坎告县长是想让县长赔他的麦子呢，没想到县长并不买他的账。县长不仅不赔他的损失，还真刀实枪走上法庭。老坎兀自先怯了。待到法庭上胖主任和村长翻了供，说老坎的麦田不是实验田是扶贫田，狗日老坎的官司就输了。输了官司的老坎看到以前到过他麦田的录像机和照相机"喀嚓喀嚓"响起来后，他又想起了自己的麦田，他想自己晚上就可以看电视上县长和自己打官司的情景。狗日的老坎终于明白，自己又成了新县长的麦田了。

拐伯的牛

　　那年的冬天很冷，拐伯腿痛的毛病又犯了。拐伯就拄着一根长长的吆牛鞭子找到我爹，说他要到城里儿子家去治腿，可两头牛没有办法交代搁，想请我爹替他放牛。我知道养牛是一件很辛苦的事情，天晴要犁地，下雨要铡牛草喂养，一年四季没有一天清闲的日子。爹的身体不好，我就急着用眼睛瞪爹，可爹只顾得低头抽烟。这时，拐伯一笑，又说，犁地的工钱抵放牛钱，生下的牛犊子也归你，但你要把牛养得鲜亮。爹听了，吐出一口浓痰就应了。

　　拐伯见爹应了，就一拐一拐地走了，好似捡了好大的便宜，我心中对拐伯的好感和同情也随着他一起走了。穷乡僻壤能养活两头牛已经很不容易了，哪能鲜亮呢。再说，我不同意还有另外一层原因。

　　拐伯以前是地主，我爹解放前就是给他家放牛的，后来又给集体放牛。直到"文革"时红卫兵打折了拐伯的腿，为了让他有一条生路，我爹找到当支书的堂兄，才把放牛这个挣高工分的活让给了他。没想到拐伯现在有了钱，还专门买牛让我爹放，我心里委实不舒服。

　　不舒服归不舒服，爹答应的事情，爹就干得很尽心，有事没事一门心思操在牛身上。天晴犁地了，爹从我们的口中扒拉一些粮食喂牛；下雨不犁地了，爹就冒雨割回鲜嫩的草。娘见了不无妒忌地说，你待牛比待我还要好。爹听了，只是笑，笑罢了又去照看拐伯的牛。

　　牛也争气，经过一段时日的喂养，牛长得健壮威猛，皮毛似软缎一样油光水滑。看着牛，我说，爹，拐伯回来要给您发一张大奖状呢。爹说，奖甚呢，你拐伯只要说声好就行了。可惜，拐伯没有说好，拐伯根本就没回来。拐伯只是写了一封信，说是腿没治好，请爹费心把牛喂好。爹捏着信，很遗憾拐伯没有回来。遗憾之余，爹依然是尽心尽力给拐伯喂牛。天晴犁地的日子，他依然克扣我们的口粮喂牛；下雨不犁了，他还是给牛割鲜嫩的草。牛怀牛崽了，爹把那牛看得更是金贵，牛不干活不说，还一天一顿精饲料。牛下牛犊了，爹整天都在牛圈里料理，比娘生弟弟时照料得还要精心。我虽然愤愤不平，但看见爹眼里萌生的希望之光，我只好忍住不说。

爹梦想着有两头牛，这梦从解放前一直做到现在，直到现在他才看到一点希望。于是，来年夏天到来的时候，我暗暗企盼拐伯的腿不要治好，再有两年，爹就有了自己企盼的两头牛了。放牛固然辛苦，也唯有如此爹才能得到自己企盼的牛。也许是天意，拐伯腿痛的毛病一直没有得到根治，每年的夏天他只写一封信，恳求爹继续喂好他的牛，爹的希望就慢慢走向现实。

第一头小牛犊终于长成牯子了，母牛又下了一头牛犊，爹的梦想成功在即。可是那头老公牛却病死了，爹的梦想又破灭了一半。看着爹日渐苍老的神情和身体，我想写信让拐伯回来，可爹不允，私下将那头牯子划给了拐伯，把那头死牛卖了，做了我上高中的费用。

拐伯的牛拴住了爹，也拴住爹挣钱的手，我和弟弟又都在上学，家里的经济很紧巴，爹的梦想确实很难实现。待到第二第三个牛犊长大了，我又准备写信给拐伯时，我家又有了新的开销，爹不得不卖去属于自己的牛，卖去自己的希望，也希望拐伯不要回来。拐伯的腿是老毛病了，拐伯也始终没回来。牛犊是卖了又生，长大了又卖，爹的希望总是难以实现。于是，我在古城上大学的那几年，爹和娘总是年年给拐伯捎了许多土特产，而我次次都送给了别人。我不仅仅是因为爹解放前和解放后都给拐伯放牛而生气，我更是担心拐伯要是和我一起回家而断绝了我爹的梦想。

今年夏季，我终于从大学毕业了，弟弟也参加了工作，爹终于实现了自己的梦：拥有了两头健壮的牛。于是，我急切地给远在古城的拐伯写了信，让他赶快回来安排自己的牛，我们家已经不需要再给他放牛了。

可是，拐伯没有回来。拐伯的儿子回了一封信，说是拐伯进城的第二年就治好了腿，去年秋天因病去世了。信中还说那两头牛是送给我们的，是怕我们不接受才找了那么一个借口。看罢这封信，我哭了，我终于明白：我爹的希望不仅得益于那两头牛，就连我家今天的生活也得益于那两头牛。

　　捏着这封信，我想起了拐伯，可拐伯已经死了。拐伯死了，好在拐伯的牛还活着，牛的子孙还会生生不息。

家　事

　　那一年，王和尚花心未净，亵渎了佛门净土，被主持一顿乱棒打出佛门。出了佛门，没了菩萨，心就越发放荡起来。可惜，昔日的相好见了他，就像见了瘟神一般，匆忙躲避，弄得肚子都饱一顿饥一顿，别说干那事了。这时他才明白，女人们是看上了佛爷，离了佛爷，自己屁也不顶。

　　为了填饱肚子，王和尚只得抱佛脚。佛爷大度，他就十天半月被请去做法事，混几顿饭钱。日子甚是凄惶，花心却不死，有心挑逗挑逗东家女眷，又恐得罪佛爷，绝了生意。想起女人的千般好处，他想，该娶个女人了。可四十岁的还俗和尚，谁嫁？况且，佛爷照顾的几个钱，还不够填饱肚子。虽说娶亲花不了几个钱，印花布总得买几尺，红头绳也得扯一点。这几个钱也挤不出，他又禀告佛爷保佑。

　　也许是佛爷恩典，王和尚后来娶了个人老珠黄的妓女，钱没花一分，米没费一粒，白白捡了个女人。可是，同房那天，王和尚捏捏女人松塌塌的脸，望望那微微腆起的肚子，知道是个贱货，依然是满肚子不高兴，只叹息便宜没好货，好货不便宜。更叫他恼火的是，女人整天低眉下眼，把他侍候得舒舒服服，越发显得是个贱货。既然是个贱货，王和尚也懒得珍惜。女人生了孩子，他依然不休息，女人就染了一身病，归了天。这时，他望望门板上的女人，望着怀里别人的毛虫，一脸的愁。想到那毛虫就要姓王，管自己叫爹，王家也有了一脉香火，他才明白这是好大的便宜。一乐，给那毛虫取名叫多生。巴望着多生多生些儿子，日后多烧些纸钱。他在阳间穷怕了。

　　想着渐渐兴盛的王家子孙，想着日后舒服的日子，王和尚一把屎一把尿把多生拉扯大。转眼，多生已是三十岁的人了，还没娶下媳妇，王和尚挺着急。着急归着急，这媳妇是急不回来的。再说自己是吃过亏的，自然不愿意便宜儿子再得个便宜媳妇。只是这几年"尾巴"割得厉害，日子比他年轻时好不了多少，还是娶不起媳妇。

那天，村里开批斗会，过去在倒流河有名的八老爷被拉上台。先是斗争，接着是一顿拳脚。威风一时的八老爷被打翻在台上。这时，只见一个大葱般水灵的女子走上台，扶起八老爷。望望那女子，王和尚认得那是八老爷的女儿巧巧，他咽口唾沫。他要娶八老爷的女儿给多生做媳妇。他知道，八老爷虽然挨批斗，八老爷也绝不会答应。答应不答应他不在乎，他在乎他儿子说过八老爷的女儿，这在四邻八乡也是一种荣耀。

王和尚没想到八老爷答应了，答应得很痛快。没花一分钱，没费一粒米，白白捡了个水灵灵的好媳妇，还得了几件八老爷用过的家具。何况那媳妇知书识礼，饭菜也做得好，里一把外一把，把一个破破烂烂的家拾掇得干干净净清清雅雅。

开始，王和尚蛮高兴。每逢八老爷如花的女儿忙里忙外端菜端饭地侍候，王和尚还老大不敢受用。日子久了，想到那八老爷也不是八老爷了，三天两天被拉去斗争，还没自己高贵，心就坦然了。坦然过后，又觉得有点不对劲儿。堂堂八老爷的漂亮小姐，嫁给自己的丑八怪儿子，彩礼没要一分，新纱没要一根，过了门又低眉顺眼侍候人。他想，莫不是便宜儿子也得了个便宜货？瞅瞅便宜儿子，一脸的晦气，结婚时的惊喜早没了踪迹。王和尚断定儿子也得了个便宜货。日后，巧巧端菜送饭时，王和尚吹胡子瞪眼的。

这天，王和尚见巧巧低眉顺眼端来了饭菜，他就是一肚子火。看看身边的便宜儿子，眼睛瞪得鸡蛋大。王和尚嘴一歪，儿子甩手就是一家伙，巧巧被打翻在地。一丝冷笑爬上了王和尚烂瓜似的老脸，他的便宜儿子也笑了。他们只等巧巧一顿痛快淋漓的大骂或野狗般的撕打，他们就会高兴得大笑。然而巧巧只是低声地哭，既没骂，也没打。王和尚嘴又一歪，他儿子又是一顿拳脚。巧巧依然是低低地哭，既没打，也没骂。王和尚觉得巧巧越发是个贱货。既然是贱货，巧巧隔三差五就会被打一顿。他们巴望着一顿臭骂或野狗般的撕打。巧巧不明白，巧巧也不会，巧巧就是贱货，巧巧只有挨打的命了。

后来，可怜的巧巧被打怕了，跑回了娘家。巧巧跑了，王和尚高兴了。可是没高兴几天，家就乱了。他们觉得家里没个女人，家不像个家，日子也不成日子了。于是，才硬着头皮去接巧巧。这时，八老爷不答应了。八老爷要五百块钱的彩礼。油盐钱都紧巴巴的，哪儿去弄彩礼钱？一想不把巧巧接回家，王家就要绝了后，王和尚急忙砸锅卖铁，东挪西借，不知跑了多少路，不知费了多少口舌，才凑了二百块。实在没有办法，请村支书搭了话才把巧巧领回去。

巧巧接回来了，巧巧却不是以前的巧巧了。这是背了二百块钱账买回来的宝贝。王和尚再也不敢吹胡子瞪眼了，也不敢骂了，更不敢打了。巧巧也不端茶送饭了，整天睡觉，王和尚就屋里屋外地忙起来。巧巧不睡了，他们就端茶送饭地侍候。望着疲倦的身影，巧巧有心帮一把，又想起以往的事，就懒得去做，倒头又睡。到夜里，那把老骨头又酸又痛，王和尚一边捶着腿一边想，累是累点，可心里舒畅。第二天，他活干得更欢了，觉得活着也有了许多滋味。

秋 猎

二十年了，我一直忘不了那次秋猎。

那时，我在一个小山村当教师。山村小学的生活非常单调，送走了学生，漫长的下午和漫长的夜晚常常不知道该做什么。话有说完的时候，酒有喝醉的时候，牌也有打烂的时候，书也有看倦的时候。那么，年轻的我们又该去做什么呢？于是，我们就走进了遥远的农舍；于是，我们就认识了一个叫老枪的猎人。

老枪不老，可是老枪已经是一个老猎人了。五岁时和他爹一起上山打野鸡，如今已经有四十五年的猎龄。时令刚刚进入深秋，房屋的山墙上已经挂满了各种各样的猎物，展示着老枪狩猎的成果。看见我们到来，老枪笑呵呵地让家人生火做饭。片刻工夫，各种各样的野味就摆上了桌子，有的干煸，有的清炖，有的红烧，有的爆炒，让人目不暇接又垂涎三尺。这时，火塘的酒也热了，满屋里就弥漫着醉人的浓香。吃着野味，喝着烧酒，老枪的脸上写满了幸福和骄傲，话语就伴着笑声肆意地流淌。这时，我就知道了什么是"猪奔尖"、什么叫"熊奔垭"、还有"羊子跑砭麂子钻"的狩猎歌诀，也知道怎么设置压杠压獾猪，怎样设置圈套套老狼，又怎么挖陷阱猎狐狸，还知道了怎样一枪打了十头野猪和怎么不费一枪一弹打死黑熊的壮举。听到最后，我忍不住对他说，哪天你高兴了就领着我们去打一次猎吧。老枪满口答应。可是打什么呢？老枪颇费思量。不是合不住我们的时间，就是有很大的危险性。那么打什么东西既不耽误我们的时间，又不危险呢？老枪思考了很久，才说，那就打果子狸吧。果子狸是夜晚活动，而且打不死的话又没有什么危险。其时，果子狸还没有后来那么大的名声，还是人们喜爱的八珍之一。如果能够打得一只果子狸，不仅可以一品山珍风味，也有了一个在女友面前吹嘘自己的很好的资本。

打果子狸是在夜晚，果子狸喜欢在夜晚出来活动；打果子狸是在深秋，果子狸最喜欢深秋的红柿子。遗憾的是我们那个小山村什么树都多，就是柿树少，而且全都分散在深沟野洼里，我们的狩猎活动就显得十分的辛苦了。好在我们年轻，好在我们对狩猎又寄有太多的向往，我们志忑和兴奋地开始了我们的狩猎生活。老枪说，你别看果子狸胖胖的、傻傻的，其实它嗅觉非常灵敏也非常狡猾。所以，在向柿树前进的时候，在一里开外，我们必须屏住呼吸不发任何声响直接奔赴柿子树，即便就是摔破了胳膊跌破了腿，也不能发出声音。老枪又说，到了柿子树下，又迅速打开电灯从树干开始扫描，然后直照树枝，四下寻找，如果发现树枝的柿子里面有星星闪烁，那必定就是果子狸。老枪还说，手电的灯光要一动不动地照着果子狸，我会在三秒钟内开枪打死它。老枪最后说，如果枪响过后有东西从树上掉下来，那就是果子狸，让我们迅速跑过去，用手里的木棒照果子狸的头上抽打，以防没有死而受伤的果子狸逃跑。老枪一边说，一边发给我们一人一个手电，一人一个木棒。为了更好地寻找果子狸，老枪的电灯是三节电池的；为了有力地打击果子狸，老枪的木棒包了一层铁皮。有了老枪的嘱咐和老枪的武器，我们就和老枪一起像武工队夜袭鬼子的炮楼一样，开始了我们的狩猎生活。可惜，不知道是我们的愚蠢，还是果子狸比鬼子还狡猾，我们走完了三条沟六面坡的十五棵树，摔了十几跤，手上、腿上划痕密布，我们连果子狸的面都没有见着。老枪说，我们来早了，果子狸还没有上树。老枪说，明天吧，明天我们继续。尽管如此，我们依然觉得十分的兴奋和惬意，因为我们怀揣对明天的向往。

可是明天，以及明天的明天，一连六天，我们仍然没有见着果子狸。总结原因，老枪说我们又来迟了。老枪一边说着，一边指着树皮上的划痕和地上一个破烂的柿子说，果子狸刚刚离开，我们和果子狸擦肩而过。又是夜晚，我们满怀希望又和他一起奔走了几架山，当疲惫满身之时，我们听见了一个野兽的叫声，我立马头皮发麻，不知道如何是好。却发现老枪的眼睛立即发出闪亮的光芒，说，是果子狸。它应该是刚刚到来，才上树。我们屏息静气地等待着，等待老枪的一声令下，我们就直扑树下，打开手电四下寻找。然而，这次真的是迟了，那叫声是果子狸吃饱喝足挥手再见时得意的呼喊。秋天的夜晚虽然十分的美丽，我还是感到失望至极。老枪说，明天吧，明天保准。

又是夜晚到来的时候，我拒绝了老枪的邀请，因为我思念的女友来了。也就是那天的夜晚，在不到一个小时的时间，女友结束了我们的关系，他们也回来了。他们只走了一条沟，寻找了三棵树，老枪就在第三棵树上打下了三只果子狸。望着地上美丽的果子狸，心里不免生出了许多的遗憾。以至于二十年过后的今天，我依然是如鲠在喉。不知道生活里为什么会是这样，留不住一心想得到的，也常常失去应该得到的。

犁　地

这年的腊月，有一段难得的好日子。那段日子里，老阳儿像是旺旺的火，烤得南墙外的三亩地好似铺了毡，软绵绵地舒坦。

这时，五叔就捎着犁、吆着牛来犁地。都知道五叔犁地是假，五叔是来调教牛。五叔做庄稼是好把势，调教小牛更有一手绝活。再烈性的牛在五叔手中，好似捏拿揉好的面团团。于是，在南墙根儿下晒老阳儿的人们，都歇了手中的活计，看五叔调教小牛。

五叔的牛养得好。五叔虽然胡须上、胸襟上常常挂着唾沫或是饭粒，但牛身上绝对没有一星半点物什。早晚把牛毛梳得如同锦缎，而牛就像拳王争霸赛场上的拳击手，浑身憋满劲儿。其实，五叔的牛去年就该调教了，可五叔说牛犊还嫩，身子骨还在长，那牛犊又长了一年的膘，那牛就难得调教了。正如五叔的孩娃，别人家的孩娃都退学了，五叔却把孩娃逼进学堂上学。孩娃学堂上满了，也没混出个名堂，整天领着一帮混小子满镇子晃。五叔已经奈何不得了，一把老骨头就没日没夜地干。

五叔把牛套在犁上，老阳儿就暖暖地包裹着人们。人们就像吃了一只猪脚、喝了三两甘蔗酒，身子骨懒得发软，眼睛却直直地盯着五叔。只听五叔"狗日"一声，狗日的牛就摆出犁地的架势，老母牛已是犁地的老把势了，不慌不忙地拽，那牛犊却不安分，兴奋得乱蹦乱跳。五叔又"狗日"一声，狗日的牛犊依然不解五叔的话语。母牛急得甩开尾巴打了牛犊，没想到牛犊似是受到了鼓舞，蹦跶得更欢实了。地已没法犁了，五叔就扬起扎有红鞘的鞭子。鞭子在空中红艳艳地一闪，旋即却落在母牛的身上。

五叔老昏了。晒老阳儿的人们看见牛鞭在母牛身上敲出的鞭痕，才发觉五叔老了，老了就昏了。那母牛正出力呢，蹦跳的是牛犊，挨打的却是母牛。正应了那句古训：鞭子打的是快牛。人们又想，鞭子打了快牛，那牛犊咋能调教得出来呢？人们边想着，边去看五叔调教牛。这时才发现，五叔已不知用了啥法儿，牛犊已不再蹦跳，在乖乖地拉犁。只是牛犊舍不得出力，独剩老母牛拼命地拽，犁把子就在五叔的手里歪了又正，正了又歪。五叔又"狗日"一声，扎有红鞘的鞭子在空中划了道红弧，又重重地落在母牛的身上。那母牛又一用力。五叔手中的犁把子又偏了。

五叔昏了，五叔真是老昏了。人们想，五叔这样鞭打快牛，牛犊是调教不出来的。人们张口想说点甚，又恐五叔的儿子接茬。叹息一声，又去看五叔犁地。犁地的五叔真是老昏了，犁着犁着，出力的母牛又重重地挨了一鞭子。于是，有好事者就吆喝一声。

"五叔，不出力的是牛犊子。"

"晓得。"

"晓得你为甚还打母牛？"

"母牛出力是护牛犊子呢。"

五叔说罢，鞭子又重重地落在母牛身上，人们立马噤了声。鞭子虽然落在牛身上，也落在人身上。晒老阳儿的人们就红了脸，三三两两地都走了，独剩五叔在犁地。

明年腊月，又该有一段好日子，那段日子里老阳儿仍是疙瘩火一般旺旺地烤，南墙根儿下也没晒老阳儿的年轻人了。去年出走的孩娃已是搂钱的好手了，五叔的牛犊也成了犁地的好把势，南墙外的三亩地只用一晌的工夫就犁完了。

老 枪

我教书的那个村子叫黑窑沟，沟里有一个猎人叫老枪。老枪的枪法很好，百发百中，黑窑沟里流传着许多老枪打猎的故事。

"天上龙肉，地下狸肉。"老枪喜欢吃狸肉，老枪最喜欢打的猎物就是果子狸。秋风一吹，满坡的柿子就红了，红嘟嘟地在柿树上摇晃，就像姑娘那红嘟嘟的嘴。白天游玩的果子狸见了，夜里就去找那红嘴一般的柿子。这时，老枪就拎着枪，拿着电筒悄悄地走到树下，突然打开手电在树上搜寻，如果发现哪个树枝上有星光在闪烁，那根树枝上就有果子狸。手起枪响，那果子狸就掉在他脚前了。打果子狸都是这么打的，老枪的打法也不特别，特别的是他曾在晚上一棵树上打下三个果子狸。

怎么打下来的，没人能说清，可我确是见他一天夜里打过三只果子狸。

一夜一棵树上打三只果子狸并不稀罕，令人叫绝的是一枪竟然打死了二十头野猪。野猪那么凶悍呐，一枪能打死二十头野猪，而且还是那支只能装一根条（马车滚珠）的土枪，就算是老枪把枪顶着你的胸脯了，你也不会相信。不过那是真的，二十头野猪摆在黑窑沟的打麦场上是多长一排子呀。当时看着一长排子的野猪，我也不相信自己的眼睛，相信了眼睛我又不相信耳朵。好天，一枪打死二十只野猪，是怎么打的呀？其实，弄明白了也很简单。原来，那二十头野猪是一群被炮仗撵疯了的野猪，当领头的野猪跑到一个崖边的时候，老枪一枪撂倒了它，领头的野猪就滚下了岩。领头的野猪滚下去，后面的野猪以为领导为它们寻找了一条光明大道，就跟着纷纷地跳了下去。岩很高，野猪跳下去就摔死了，老枪呢，一枪就"打死"了二十头野猪。

老枪一枪撂倒了二十头野猪说白了也简单，不简单的是老枪不费一枪一刀可以打死老熊。老熊的威猛可以想象，不可想象的是老枪打死老熊的办法。我曾多次问过别人，别人也只是听说过而没有见过，问老枪呢，老枪总是笑而不答。好在老枪喜欢喝酒，我就灌了几斤老白干和老枪套近乎。老枪喝完了老白干，就说到深秋的时候领着我亲自打一头熊。

秋天的一个下午，他真的喊我去打熊。老枪说，你的酒我喝完了，话可没下酒，说着我就跟着老枪来到他的家。老枪住的是一间小木屋，背山面河，墙上还钉着几张兽皮，门口场院是一垛垛的柴禾，与别的猎人家没有两样，不一样的是柴禾垛边有一截脸盆粗的青冈木原木。青冈木原木劈裂了一半，楔进去一个木楔子。我正疑惑着，老枪指着这截圆木和楔子，说，这就是我猎熊用的东西。

圆木怎么能猎熊呢？我问老枪，老枪不说，老枪说我们先去喝酒吧，熊到后半夜才能来哩。酒很暴，野味也很香，三杯两盏下去，我昏昏欲睡了。

不知睡了多长时间，老枪叫醒了我，悄声说，来了。循着老枪的手指向外看去，那熊真的慢腾腾地来了，走走停停，憨态可掬地到了场院，绕场还转了一圈，这里嗅嗅，那里刨刨，顽皮而又可爱，让人心里顿生一种说不清的情愫。这时，只见那熊晃晃悠悠走向那裂开一半的青冈木，抱着那木楔子好玩地摇了起来。我知道那熊已经钻进了老枪的圈套，不知老枪耍的什么把戏，满脸疑惑地去看他。老枪呢，正捻着下巴上的胡须偷偷地乐。回头又去看熊，熊把楔子摇得更为起劲。我心里陡然一惊，似乎明白了老枪设计的圈套，抬眼看他，想从他的脸上印证自己的猜想，如果我的猜想正确，我要帮助那熊脱离险境。我有点可怜那熊了。

倏地，老枪脸上的快乐迅速被沮丧代替了。我想，那熊肯定是脱险了。回过头又去看熊，熊却扛着被自己摇下来的圆木楔子得意扬扬地在场院里转悠。

"狗日的，是头母熊，要是一头公熊，它摇掉楔子，卵包子就会夹进裂了一半的圆木，狗日的就疼死了。"

听了老枪的话，我头皮子一炸，浑身生出一股寒意，庆幸那熊是母的。老枪又说，因为他没结过婚，也没见过女人，除枪之外，他也没有对付母熊的办法。如果是公熊，那熊就必死无疑，你就能看到不用枪就可以猎熊的事了。

讨口彩

美气的日子刚磕破点皮儿，却要去骂自己家的男人。水妹子弄不明白。明白不明白也得骂，句句不离"死"地骂，骂得越歹毒越好。这是祖辈传下的规矩。水妹子知道，这规矩叫讨口彩。

祖辈都说，新媳妇嘴毒，新郎官的运气红火。头天夜里圆了房，第二天新郎官就要揣着那份红火去打猎。上山前，新郎官要惹媳妇骂自己，骂得狗血淋头，骂得血水横流才美气。因为打猎就是要猎物死，要猎物血淋淋地死，猎人唯有背着死运和血光之灾上山，随着枪响子弹飞，才能置猎物于死地，猎人才有好运气。于是，上山前如若讨得新媳妇的一顿血淋淋的臭骂，猎人就讨得了一生的好枪法，讨得了一生的血财红运，新媳妇也讨得一生的好福气。水妹子虽然知道这是祖辈传下的规矩，知道这与男人的荣辱与自己的生活有重要关系，她还是不想骂自己家的男人。自家男人是个好男人，知痛知暖的，咋能骂得出口。况且，水妹子自小就不会骂人。可是，男人是个猎人，猎人就靠那杆枪吃饭，猎人讨不来好口风，没有好枪法，在村里是抬不起头的。水妹子想到这儿，心里就犯了难缠。犯了难缠她就想起娘。

娘很慈善，说话总不高声。娘自小就不准她骂人。可是，临出嫁前却要教她几句骂人话，只是娘嘴张了几张，说了当初是如何骂爹的。

娘说娘那天早晨起得很迟，起来后就见爹扛着枪准备上山。娘说娘的脸当下就红了，眼睛盯着脚尖，巴望爹说句好听的话。爹咳嗽一声，说："我上山呀。"娘没睬爹，爹又说："我进山打熊呀。"娘听了，想劝爹不要上山，抬头却见爹一脸的恼怒，随手给了娘两耳光，吼道："你骂呀！"娘摸摸发烫的脸，这才想起爹是讨口彩呢。可娘的娘教给的骂人话，娘一句也记不得了。于是，爹又是几巴掌，血就从娘的嘴里涌出，娘的娘教给的骂人话跟着涌出来了。讨得口彩，爹用衣襟擦把娘嘴角的血，乐呵呵地进山了。下午，爹就背回来了一头熊。这样，爹就讨得了一生的好枪法，娘就有一生的红火日子，水妹子也有了一份很丰厚的嫁妆。

水妹子想罢了娘的故事，又想自家的男人。男人好能干，田里的活计样样猴精，一把枪也玩得油。锅里有吃的饭，兜里有用的钱，日子瓷实得很。这样的男人打着灯笼火把都找不到，哪还舍得骂？水妹子转眼又想，不骂男人了，男人没得好枪法，男人的脸往哪儿搁？自己做女人也没光彩。

水妹子想到这儿，决定还是骂。可是咋个骂法她还没个主张。自小没骂过人，今儿要骂自家新婚男人，而且要骂出歹毒的话，她实在张不开口。想想娘骂爹的话，是爹打出来的。一想自己，就算是男人打了自己，也未必骂得出口。水妹子张口想练练娘骂爹的话，张口却是无奈的叹息。水妹子看看窗外的男人，男人扛起枪准备走，水妹子心里就挺着急。可是着急归着急，骂人的话还是骂不出口。

男人终归是要走了，水妹子还没想出咋个骂法。娘骂爹的话在心里上下左右蹦得欢实就是蹦不出口。水妹子就怨起祖辈传下的混账规矩。

"我上山呀！"

水妹子正没主张，男人却动脚走了。想起男人昨夜干的坏事，脸倏地红了，娘骂爹的话也不知跑到哪儿耍去了。

"我上山打熊呀。"

男人又扔过一句话，她着急地盯着男人，却不敢应声。

"我打熊呀！"

男人的话硬硬地甩过来，水妹子还是没得主张。暗暗期待着男人给她一巴掌，也许丢失的话又跑回来了，男人就会讨着好口彩，讨得一生的好运气。可是，等了好久，男人的巴掌也没有落下，跑丢的话也不见回来。抬头望去，男人扛着枪一步三回头地走了，水妹子心里立马空落落地慌。

过了好久，女人喊了声：

"回来早点。"

"哎。"男人声音很脆。

"夜里包扁食呢。"

"哎!"

男人走了,男人牵着女人的心思走远了。水妹子想自己终究没白疼自家男人,得意地笑了。自家男人心疼都来不及,哪还舍得骂。打不下猎物了哪儿都能挣钱,咋就要骂自家男人。就这么想着,水妹子就揉面包扁食。扁食里揉进了女人的温柔,也包进了女人的恩爱。夜里,扁食一定很香很香。

放牛的三爷

放牛的三爷把牛牵到河边，夏天就来了。放牛的三爷把清凉的河水泼洒在黄牛黑牛的身上，我们就感到了夏日的炎热。

这时，山外的药贩子就来了。来了就来了呗，却敲着破锣似的嗓子挨村子吆喝，把满村子的牛和放牛的都吆进了老林子。老林子的虻虫见了，一团团扑过来，叮在牛的身上，吮吸着新鲜的牛血，虻虫眨眼就胖了肥了。放牛的把那肥肥的胖胖的虻虫捉进身后的葫芦，放牛的荷包就圆了。可是，牛却瘦了。独剩三爷的牛站在河边，不进林子不耕田，享受着三爷的慈爱，一日日肥壮起来。

三爷的一生是和牛拴在一起的。放牛的三爷自从八岁开始放牛，一直熬到七十多岁，放牛的三爷还在放牛。只不过先是给地主放，后来给自己放，再后来给集体放，末了又给自己放。六十年的光阴随着牛尾巴一甩一甩地甩完了，放牛的三爷还是被牛尾巴拴着，解也解不开。年前，放牛的三爷在城里工作的儿子把他接进城，试图把他从牛尾巴上解下来。放牛的三爷没呆够三天，就被那牛尾巴拽了回来。村里人都说，那牛尾巴拴得太紧了。其实，放牛的三爷是和牛亲哩。

那年，三奶生那在城里工作的儿子，三爷的花母牛下那头黑牜子。三奶躺在床上叫了三天，放牛的三爷在牛圈生生守了三天。三天过后，三奶生下他的儿子，花母牛也生下那头黑牜子。三爷这才回到家，伸出带着牛粪的手摸摸儿子的牛牛后，就把三奶预备给儿子搅糊糊的一点粮饭喂了牛。羸弱的牛吃了本该是他儿子的糊糊，牛越长越健壮，儿子却越来越瘦弱。好在那只母鸡挺仗义，一天一个蛋，儿子就度过了苦难的童年。

牛一日一日地长大了，儿子也一日一日地长大了。刚晓事的儿子就拿着长长的棍子打牛，放牛的三爷就拿着长长的鞭子打儿子。牛犊甩着尾巴欢欢地跑了，儿子却背着鞭痕大声地哭。放牛的三爷这才放下他的鞭子去找他的牛。牛犊长成牯子，牯子成了老牛，放牛的三爷就老了。

这年，队里就把两头老牛分给了他；这年，他的儿子也考上了大学。上大学是要花钱的，放牛的三爷家穷，三奶想把牛卖一头给儿子交学费，或是把牛吆进老林子捉些虻虫给儿子做盘缠。放牛的三爷就不作声，一日日地把牛吆到河边，给牛割嫩嫩的草，给牛泼洒清凉的水，给牛吆蚊子，给牛搔痒痒。黄牛黑牛享受着三爷的慈爱，而三奶和他的儿子却在不远的采石场上挣学费。放牛的三爷的儿子上了四年大学，三奶每年都想把牛卖一头给儿子交学费，或是把牛吆进老林子捉些虻虫给儿子做盘缠，而放牛的三爷就是不作声，一日日地把牛吆到河边，给牛割嫩嫩的草，给牛泼洒清凉的水，给牛吆蚊子，给牛搔痒痒，而儿子却在出力拉车挣学费。

又是夏季了，三爷的儿子已经毕业留城，三奶再也不必卖了老牛给儿子做学费，或是把牛吆进老林捉些虻虫给儿子做盘缠。我想，放牛的三爷定会坦然地把牛牵到河边，给牛割嫩嫩的草，给牛泼洒清凉的水，给牛搔痒痒。于是，我背起画夹回到家乡，想给放牛的三爷画一幅风情画。

可是，放牛的三爷死了。三爷的牛也死了。村里人说，今年夏天来得早，药贩子也来得早，虻虫涨到三百元钱一斤，药贩子的声音也敲得贼响。满村的牛和放牛的都被吆进老林，放牛的三爷和他的老牛也被吆进老林。谁知三爷的牛没被虻虫叮过，一团团的虻虫涌上来，那牛就疯了似的四下里蹿，见人就撞，见东西就踏。放牛的三爷就被自己钟爱一生的黄牛黑牛撞翻后踏死了。放牛的三爷被牛踏死后，牛也死了。牛被虻虫吸干了血后就死了。放牛的三爷死了，三爷的牛也死了，小村的夏季再也没有牛了。

蛮子和蛮子他哥

蛮子是地主。

蛮子其实不是地主。

蛮子干了二十年的地主，还不知道真正的地主过的是嘛美气日子，长的是嘛样子。

蛮子记得，那年公社麻主任给张四坪分了个地主名额，难住了蛮子他哥。

蛮子他哥是队长，蛮子他哥没见过地主，张四坪的人都没见过地主，不知道地主是白脸还是黑脸。

蛮子他哥就问麻主任。

麻主任脸一吊，说，地主就是地主，地主是老蒋，地主就是反革命，地主有地。

蛮子他哥不知道谁叫老蒋，不知道嘛是反革命，但他记住了地主要有地。蛮子他哥知道，解放前张四坪的人都没地。地都是八老爷的，八老爷是地主，八老爷早吃了枪子儿。解放后，张四坪家家都有地，地是毛主席给的。蛮子他哥不知道这算不算地主，张口想问一声，看看麻主任吊得老长的麻雀蛋似的脸，吞口痰把话咽了。

话虽咽了，可事儿咽不下。麻主任叫他明后晌把地主送到公社，公社要狠劲斗争呢。他知道麻主任的厉害，他知道麻主任斗地主更厉害。但他不知道谁是地主，确切的说是谁像地主。不知道，不知道了就开会选。蛮子他哥想，开会选就好了。只要有人吆喝一声，都同意，那就成了，就像当初选自己当队长。

可是，会开了两天两夜也没选出地主。人们都没见过地主，扯八辈子亲戚也没个干地主的，不知道地主是白脸是黑脸抑或是花脸。当初八老爷收租时来的都是伙计，伙计都是贫农，当时也忘了问八老爷是嘛样子。蛮子他哥想，要是解放后有地也算是地主，那都是地主了。但一想到麻主任斗地主的狠劲，他就不敢想了，也就算了。蛮子他哥没辙。没辙了，蛮子他哥就想自己去干地主。蛮子他哥张口想说出来，又想起麻主任斗地主的狠劲，想起离不开自己的一窝崽和病壳壳的女人，又把话咽了。蛮子他哥又想安排人轮流当地主，一想好多家的日子离不开汉子，还是把话咽了。

末了，蛮子他哥说："选不出，谁愿意干？"

没有人愿意。

"谁干了，不干活，记工分，分口粮。"

没人愿意。没人知道以前地主过的嘛美气日子，都知道地主现今受的嘛罪。

"谁干，一天五个工日，和麻主任一样吃派饭？"

蛮子他哥咬牙甩出这话，就挨个儿脸瞅。可是人们都记得麻主任脸上的黑麻子，都记得麻主任斗地主的狠劲，都把头低着，蛮子他哥看不见。

好半天，他弟蛮子才蹦出一句话。"鬼干。地主那美气日子没过一天，受罪了谁干？"

蛮子他哥听了，狠劲盯着他弟蛮子。他弟蛮子年轻，一身的好肉，一身的好力气，又没女人娃子扯腿。

"你见过？"好半天，蛮子他哥挤出一句话。

"见过。我在八老爷家过过夜。八老爷有十个女人，个个都是小脚、大辫子打屁股。他早晌吃金子，中午吃银子，屙出来是铜钱"。

"啧啧。"

"啧啧。"

蛮子在吹牛，都知道蛮子在吹牛，蛮子今辈子没出过张四坪，都啧啧称羡。

"当真？"蛮子他哥问。

"骗你做甚？"蛮子说。

"好，你狗日就是地主！"蛮子他哥说。

89

"我不是地主，我给地主提尿罐人家都不要。"

"你就是，老子说你是你就是！"

蛮子他哥说罢，就把他弟蛮子送到了公社，他弟蛮子就成了地主。

蛮子成了地主，麻主任就狠劲斗了他三天，蛮子就蜕了三层皮。好在蛮子年轻，蛮子有劲，有一身的蛮劲，蛮子不怕。这儿斗一结束，那儿就去吃派饭。只可惜蛮子自此娶不上女人，没个崽，也没个家。一日日地吃派饭，一日日地挨批斗，蛮子就在这一斗一派间过活。

就这样，蛮子干了二十年地主。就这样，蛮子吃了二十年派饭。后来，没地主干了，也没派饭吃了，没家的蛮子就在他哥那儿吃。

这年，蛮子他哥没干队长了，喝着酒，他哥说："地主干得冤。"

"不冤。"蛮子说。

"冤！"他哥说。

"不冤。年轻，又没拖累，我不干谁干。"

蛮子说罢，倒满一杯酒。端起酒，干了二十年地主的蛮子还是想象不出真正的地主过的是嘛美气日子，长的是嘛样子。想起二十年的时光，一口酒咽下，满腹是苦涩和悲怆。

永 远 的 隔 壁

遗　言

　　叉子死时，叉子女人还是哭了。不是为叉子，是为婆婆和自己。

　　她弄不明白自己的命咋恁苦，好端端的一生偏偏避不开叉子，和叉子搅在一起，搅出一段凄苦的日子。好在叉子吃枪子儿死了，苦日子熬出了头。女人想象不出也懒得去想这是谁做的善事，她现在设想着怎样才能哄住婆婆。

　　婆婆七十多岁了，自从上个月去镇上回来，新病老病一起发作，身子骨一日不如一日了，黄土已壅齐颈脖子了。虽说婆婆恨死了叉子，但叉子毕竟是她的儿子，是她的心头肉，一生坎坷哪还经得起晚年失子的打击呢？女人给婆婆喂了饭，末了，声音很轻很淡地说了声："叉子到潼关背矿去了。"婆婆听了也没吱声，蜡黄虚弱的脸上依然是一片宁静和安祥。女人见了，揪起的心方才沉沉地落下去。

　　女人回到家，把叉子的照片全都烧了。叉子活着时干尽了坏事，死是罪有应得的，也没有什么值得依恋，只是婆婆不好安顿。虽说一时哄住了她，日子久了，难免要露馅儿，生出新的麻烦。况且，婆婆知道山里女人挣钱难，日子紧巴，就拒绝吃药。女人想，眼下就得有个万全之策。

　　以后的日子，一月两月的，从潼关回来的人就会捎回三十块五十元的钱，说是叉子捎的。那人还说这钱是叉子让娘治病的。女人便泪水盈盈地说："娘，叉子变好了，您老就把身子骨调养好吧。"婆婆怔怔地盯着叉子女人，好久好久，算是应了。叉子女人就一脸的兴奋和激动，忙着请医生、熬药。

　　钱不断地捎回来，又不断地装进婆婆的药罐子。婆婆的病却越来越重。好容易挨过了一年，女人手中的私房钱没了，婆婆也快死了。

临死时，婆婆对女人说："房子卖了，你走吧。""娘。"女人看看婆婆，想把真话告诉婆婆。谁知刚说声"叉子"就哭了。

婆婆一脸平静："别说了，那事……是娘告的官。"女人猛地一怔。婆婆脖子一歪，咽了气，那苍白的脸上依然是平静。

狼

公狼和母狼是第三天相见的时候，双双掉进了猎人的陷阱里。

三天前，母狼躲在山洞里，任凭一双儿女把她的乳头揪得生疼，揪出的汩汩的血汁流进嗷嗷狼崽的嘴里时，公狼回来了。公狼的脚步声显得疲惫又无奈，狼崽听见了，似乎听到了上帝的福音，"嗷"的一声扑了上来，在公狼的身边撒着欢儿。公狼只好低下头，羞愧和悔恨滚落在草地上，草地上就生出一朵红艳艳的花。

红艳艳的花转瞬被狼崽不满的声音砸碎了，公狼只好抬起了头，公狼从母狼的眼里读出了一份悲凉。公狼侧过身，把猎人恩赐的伤口甩在母狼的眼光之外，期盼着母狼有什么不满的表示。

母狼什么也没说，说也是没有用的。环境的险恶与日俱增，林子少了，猎物少了，多起来的只是人，到处都是人，人的双眼就像一支支双管猎枪紧紧地咬着他们，始终不愿放过。经过多少风险，他们已记不清了，他们只记得自己的身上中过七处枪伤，至今还有四颗铅弹，母狼拖着那条跛腿，伴随着他走南闯北。公狼还记得，母狼生过六胎六对孩子，如今只剩下一个月以前生下的一对了。母狼生下这对孩子后，公狼一直在替她寻找着食物，而他们母子三狼呢，只吃过公狼寻来的三只山鸡，三只瘦骨嶙峋的山鸡。五天前瘦弱的公狼出门去觅食，五天后觅食归来的公狼更加瘦弱。公狼没有见到猎物，也没有见到同类朋友，甚至是老虎也没见过，有的除了人还是人，到处都是人，每个人的眼睛都像一支双管猎枪撵着他四处逃窜。

能逃的地方少，有猎物的地方更少，生命还得延续。母狼只好把小狼衔进狭窄的阴暗的石洞，又用石头堵好门洞。然后，她舔了舔公狼的伤口，厮跟着公狼走出了山林。

林子很小，小得四条腿都显得多余。属于自己的领地呢，也就是这四条腿，四条腿之外，就是四伏的危机。公狼和母狼走得很小心，小心地寻觅一条安全而又可以找到食物的通道。只是安全的道路上没有食物，有食物的道路上不安全。公狼和母狼在寻觅的路上走了很久很久，没有天敌老虎，也没有鹿，没有野兔，甚至连一只山鸡也没有遇上。他们知道，这些东西都被人打杀干净了，自己的生命虽然逃脱猎人一时的追杀，谁能保证前面没有新的危险呢？

前路布满了危机，为了生存，他们仍然是别无选择。合在一起有事能关照，却少了寻找食物的机会。为了找到食物，他们分手了，分手的时候，母狼用鼻子蹭蹭公狼的面颊，显得异常的亲切，公狼黯然流下了眼泪。二十年前他征服了狼群里所有的公狼，母狼就跟着他。一起的日子，有过无数的欢乐，也历经无数的风险。今天这一别，他真的不知道是否还能有见面的日子。前路险恶，他们每走一步都要看一眼对方，他们知道，每一眼都可能是最后的一眼。

终于走出了对方的眼睛，却始终走不出自己的牵挂。牵挂给自己疲惫的身体注入了鲜活的力量，牵挂也给自己带来了许多的能量和希望，他们期盼着再次相见的日子。相见的日子，他们终于相见了，虽然没有找到一点食物，可终究还是活着。活着是多么的艰难啊。因此，他们看见对方还活着，他们表现得异乎寻常的亲热。经历的所有的危险都被这种亲切包容了。他们沉浸在相见的不易和喜悦之中。

灾难就在这喜悦之中降临了，他们跌进了猎人的陷阱。陷阱不大，只能容得他们转过身子；陷阱不是太深，他们却是怎么也逃不出来。公狼看看母狼，母狼又看看公狼，然后再看看陷阱上方的天，他们知道这次算是完了。他们没有悲哀，反而长长地吁了一口气，面对面、鼻子蹭着鼻子，进入了一种忘我的境界。他们想起了年轻时互相许下的诺言，不求同生，但求共死。他们想，自己历经了千难万险也不过是为了今天这个结局。他们互相珍视地看了一眼，眼里全是真情脉脉，在脉脉真情之中，他们等待着死亡的降临。

也许是过了很久很久，也许是很短很短，他们同时想起了藏在石洞里的孩子，求生的本能又占据整个心头。仰起头望望陷阱的四周，他们知道难以翻越。年轻时尚有可能，可惜，他们都是二十多岁的老狼了，而且五天没吃过东西，希望就这样掐灭了。为了孩子，他们的心中升起无限的悲哀，仰天长嗥，悲切凄冷的吼声被风吹遍了漫山遍野，又回荡在狭窄的陷阱中。悲哀像黑夜一样，一步步逼了上来。天黑了，所有的希望都破灭了，他们平静地依偎在一起。这时，母狼就想了一个办法，她悄悄地抬起头，发出蓝荧荧的光把公狼瞅了一遍，又瞅了一遍，似乎想把他装进自己永远的记忆中。然后伸出长长的舌头，仔细地梳理公狼的每一根毛。做完了这些，母狼看了公狼一遍，又看一遍，就把自己的脖子塞进公狼的嘴里。而公狼好似被火烫了一般，急忙后退，发出绝望的吼叫。公狼知道母狼的心思，可公狼做不出。公狼和母狼在一起生活了二十余年，二十年里他们共同分享了每一份幸福，也分享了每一份灾难。如果他们之间任何一方离开另一方，他们也许早就成了一架白骨了。因此，在公狼的心里，可以失去所有，但不能失去母狼。而母狼也深知公狼的性格，知道这次公狼不会按自己的思路去干。母狼想起嗷嗷待哺的孩子，便一头撞向陷阱内的竹签。

公狼带着一嘴的血毛离开陷阱，匆匆地赶到他们隐藏孩子的山洞。公狼发现他们的孩子只有一个了，另一个已变成一架白骨。这用不着谁教，这是兽性，他还知道就是万物之灵的人也有这种兽性。公狼没有权利责备自己的孩子，就封好石洞，又来到那个陷阱边，悲凉地看了看那架白骨，然后用自己的血蹄往陷阱里填土。陷阱填平，又隆成了一个土堆，老狼终于完成了自己的杰作。公狼领着狼崽围着土堆转了一圈，又转了一圈，也洒下了一圈一圈的泪水。老狼长嗥一声，带着狼崽准备离去。这时发现猎人端着枪来了。乌黑的枪管发出蓝森森的光正瞄着自己，狼本能地后退了一步，然后却领着小狼向猎人面前走来，如血的残阳中，一匹老狼领着小狼向一杆枪走去，狼显得是那样的豪迈，那么的悲壮。

绝技

大凡一般的茶蛋，先把蛋壳打损，放在茶水锅里煮。煮熟剥了壳，蛋白变成茶色，就算是茶蛋了。吃起来与清水煮蛋没有两样。而杨矮子的茶蛋，不但蛋壳不损，而且蛋壳上还有一枝两枝、三片五片的茶叶，犹如一幅清淡素雅的水墨画。玩味再三，咬牙剥皮，淡绿的蛋白上一枝两枝、三片五片的茶叶活活地蹿入眼里，丝丝缕缕的热气飘缈袅娜，就像一杯馨香的西湖龙井待你享用。忍不住啜一口，口角生津，丝丝清香沁人肺腑，同时也真真切切品味到鸡蛋的原汁原味，并且已变得温软柔滑如脂如膏了。更兼那蛋有清心明目祛火除热之奇效，那蛋就一日赶不上一日卖。

杨矮子的茶蛋成了俏货，按说该请上俩伙计，摊子弄大点。可杨矮子不，每天煮一百个茶蛋是木板上钉钉子了。而且从不在家卖蛋，总是挑着担子沿街转，一边卖茶蛋，一边收鲜蛋。卖了蛋买了蛋，就来一段口技，逗得大家笑呵呵，他也哈哈笑，算是酬谢顾主。末了，又是买又是卖，又是口技又是笑。杨矮子和善，就是不买蛋卖蛋，吆喝一声，他也会来上一段。遇上难缠的主儿，杨矮子就会一套接着一套耍。

杨矮子的茶蛋是小城的一绝，那口技更是一绝。一般人学口技，大约有那么点味儿就行了。而杨矮子的口技惟妙惟肖，使人真假难辨。他学鸭叫，鸭婆子会在他周围“呷呷呷”地转；他学鸡叫，鸡就在他身前身后跳。有一次，他学狗叫，满街的狗都围着“呜呜”呻吟，似乎他就是发情的母狗，或是狗崽它妈，惹得街上人一阵子好笑。小城人都知道，这不过是小菜一碟，更绝的是他能学百鸟的叫声，把各式各样的鸟呼唤到身边，他一颦一笑，一抽嘴一抖肩，百鸟也随之一蹦一跳，一唱一诺，似乎他就是鸟王凤凰。当然，这是绝技，人们只是听说，没见杨矮子耍过。没耍过是没耍过，人们相信杨矮子的能耐。人们都等着，人们有耐心。

人们等着盼着，没想到很快就看到了杨矮子耍的绝技。

这天，日头子歹毒，天气闷热难耐，唯有吃了杨矮子的茶蛋解热才痛快。于是，杨矮子的鸡蛋刚出门就卖得精光。杨矮子绕街转了一圈，又买了一百只鲜蛋。杨矮子心里高兴脚底就抹了油，跑得风快。嘴里还学着阳雀子叫唤，引着阳雀子跟着满街里跑。可是，在丁字街拐弯处，杨矮子碰着人了。一颗颗鸡蛋坠在地上，宛如一颗颗星星闪闪生光。杨矮子从那星星里拔出眼睛，立马又傻了眼。

"二爷，小的该死。"

街上人见杨矮子撞了二爷二癫子，"轰"地围上来。人们知道有戏看了。因为二癫子是无赖，无事都要找事的主儿，警察局长都得让他三分，况且事儿犯在他手里。没人猜出杨矮子要遭啥罪，反正有热闹好看。

"二爷，小的给您赔三身新，伺候您三日。"

"哼，三寸丁的个儿，你能做甚？"

"爷，小的会煮茶蛋，供爷下酒。"

"你够不着爷的灶台。"

"爷。"

"把您煮茶蛋的法儿说说，爷要慢慢儿受用。"

"爷，那是小人的饭碗。"

"爷专端别人的饭碗。"

"爷。"杨矮子喊了声，眼泪直吧嗒。

"爷等着。"

"爷。"

"要命，还是要碗？"

杨矮子喊声"爷"，"扑通"跪下，磕头如捣蒜。偷眼看看二癫子，二癫子一脸铁青。再看看二癫子裤角上的蛋黄和蛋青，就爬起来，想：命都没了，还要饭碗做甚。于是，甩手照自己嘴巴来了八耳光。就说：

"爷，茶蛋要鲜蛋，还要买西安茶荣庄的一品西湖龙井茶，用商州老董家的白府绸，把鸡蛋和一枝两枝三片五片的茶叶包好，放在冷水里泡三天，先用清水煮俩时辰，然后用文火蒸三支香的光景，再用泉水漂一袋烟的时间。底锅水里要加三月的蛇胆、五月的薄荷、八月的桂花、九月的菊花和腊月的梅花各三钱。"

杨矮子闭着眼一口气说完，二癫子却一声未吭。抬脸望去，二癫子眼珠子耷拉在嘴角上。

"爷。"

"爷不吃蛋。"

"爷。"

"你还能做甚？"

"爷，小的会口技，好给爷解闷儿。"

"爷要听猪叫。"杨矮子学猪叫。

"爷要听狗叫。"杨矮子学狗叫。

"爷要听狼叫。"杨矮子学狼叫。

于是，二癫子说什么，杨矮子就学什么，学什么就像什么。杨矮子似乎忘记了刚才的痛苦，人们就达到了自己的目的，满街的笑声不绝于耳。直到二癫子点不出来了，杨矮子又耍了几声稀奇古怪的声音。

"就这？"

"爷，小的只会这。"

"来段绝技。"

"爷，小的只会这。"

"来段'百鸟朝凤'。"

圈外的一声吆喝，震得杨矮子头皮发麻。那可是绝活，除非杀头或传艺，否则是不能外扬的。可二癫子不管这些，二癫子听见后，话就顶上来。

"爷要听'百鸟朝凤'。"

"爷，小的不敢。"

"爷等着。"

"爷，小的不敢。"

"爷等着。"

"爷。"

"爷等着。"

杨矮子瞅瞅二癫子耷拉着的眼珠子，又看看身前身后一匝一匝的鸭脖子，自知命该绝了。此处茶蛋也卖不成了，也没了谋生之路，与其做个屈死鬼，不如显示一番手段。想到这儿，杨矮子对天八拜，对地八拜，口中念念有词。接着，各种各样叽叽喳喳如歌如唱如泣如诉奇妙无比婉转悦耳的声音从杨矮子灵巧的口中飞出。霎时，燠热难耐的人们顿觉头顶一阵清凉。抬头望去，天空满是红的白的黄的绿的蓝的花的麻的大的小的五颜六色各种各样的鸟，随着杨矮子一颦一笑，一举手一投足，或盘旋或飞舞或歌唱或呜咽，热闹非凡。

人们正看得起劲，随着杨矮子一声怪叫，鸟雀"呼"地飞走了，太阳"呼"地又来了。杨矮子深深吸口气，仰脸去看二癫子，二癫子木头似的，依然耷拉着眼睛。虽然头顶火毒毒的日头子，杨矮子仍觉得浑身发冷。于是，抖抖地喊了声：

"爷。"

"糊弄爷。"

"爷，小的不敢。"

"爷要看绝技。"

"爷，小的只会这些。"

"爷等着。"

"爷。"

"爷要看绝技。"

这下，杨矮子才明白二癫子不会放过自己，存心要耍人呢。扪心一掐算命中有这个克星，躲也躲不脱，身子也就不抖了。让人耍了一辈子的杨矮子站直腰，抹把汗说：

"听着，爷给你来段绝技。"

"甚?!"

"人叫。"

"甚?!"

"人叫!"

二癞子立马傻了眼，一匹匹的鸭脖子立马瞪圆了眼。都知道自己人模狗样地在这世道上混，却不知道什么是人叫，都等着听人叫，鸭脖都变成鹅脖子，鹅脖子上伸的长长的耳朵里，就恶出一声火爆爆的人吼。然后，杨矮子就堂堂正正地走了。

何先生

何先生是倒流河私塾的先生，教古文也教西学，他的私塾就远近有名，不说是镇安城，就连五百里之外的商州也有人把孩子送到他的门下。何先生虽然博古又通今，可思想却极其守旧，别的不说，单就学生入学他必让学生行三拜九磕大礼。凡不行跪拜之大礼者，概不录取。

而将军是个例外。

将军是十岁那年被他父亲用藤条捆了送到何先生门下的。何先生那时只四十多岁，四十多岁的何先生端坐在私塾堂前，给将军上了第一课：行三拜九磕之礼。十岁的将军倔犟地站在先生面前，任凭他父亲磨烂嘴皮，打烂他的皮肉，威武不屈绝不跪下。何先生从未见过如此桀骜不驯的学生，就紧紧地盯着那双聪慧不屈的眼睛，而他也充满敌意久久地和先生对视着。何先生终于被那双眼睛盯得疼了怕了，也盯出了几分欣慰几分欢喜，何先生才开口问了一句话：

"你为何不肯下跪？"

"大丈夫岂可屈膝！"

稚嫩的声音砸在先生的心头，生出一种异样的感觉，何先生就留下了年幼的将军。何先生未曾见过如此倔犟的孩子，虽然他也极喜欢男孩子不屈的个性，但何先生还是发誓要他跪下拜谢恩师。何先生想，自己教过的学生没有不给自己跪拜行礼的，留下他就要让他跪得心悦诚服，只有这样才能显示出自己的能力和威严。

遗憾的是何先生的希望是一厢情愿。少时的将军虽然倔犟，却也很聪明，他的学习始终是第一，而且还会提出许多稀奇古怪的问题，使先生的满腹经纶得以展示，何先生十分喜爱他。在学习上也就没有让他下跪的理由，幸好少时的将军刁钻顽皮不说，还有一腔侠肝义胆，常常会招来许多的麻烦，先生也有了处罚他下跪的理由和机会了。虽然先生一再调教，任凭先生苦口婆心或是打烂他的手心，他绝不屈膝，望着他直直的腰板、绷直的腿，何先生不服，心中生出难得的一份欣喜。虽则如此，何先生仍然不肯放弃任何一个让他下跪的机会。他想，唯有这样，倔犟的男孩给他下跪了，才说明自己是一个称职的教师；只有他跪下了，才说明自己的教育是成功的。

自此，何先生在精心辅导他的同时，也不放过任何一个可能让他跪下的机会。机会真的很多，而他始终没有跪下，直到他五年后打瞎了横行乡里的镇长公子的眼睛，被迫离开私塾，他也没有跪下。何先生看着即将离开学校的他，几近哀求地说：

"你还欠我一个礼呢？不行礼是不能算作我的学生的。"他看了看先生，泪水"刷"地流了出来，可他终于没有跪下，挺着腰板转身离去。何先生见了，眼窝一热，从学生册上除掉他的名字。

名册上虽然删除了他的名字，心底却牵挂他的事情。知道他离开自己又考入西安上了几年中学，后来到广州考上黄埔军校，经过多年的枪林弹雨，昔日的学生如今已成了少将师长，何先生仍然不承认他是自己的学生。无论是将军亲自投递的帖子，抑或托人捎来的礼品，他概不受理，何先生内心常常以将军为荣，嘴里仍不把将军当作学生。他说：将军还欠他一个三拜九磕之大礼。

在将军离开私塾二十五年后的春天，将军又回到了倒流河镇，将军对外界说是向何先生还那个欠了二十五年的大礼的。何先生听了虽然深感疑惑，甚至还有一点恐惧，但他仍然按照老规矩焚香沐浴之后端坐在学校大堂之中，将军走进校门他没有起步迎接，将军走进大堂，他未曾欠欠身子，将军恭恭敬敬喊了一声"先生"，他也没有笑一声。将军知道，何先生是等待他还那个欠了二十五年的三拜九磕之大礼。

将军恭敬地站在何先生面前紧紧地盯着何先生，何先生一脸的威严和庄重，静静地盯着将军。

将军说："先生，我今天本来是给您还礼的，可是我真的跪不下了，我只能给您鞠一个躬。"将军说罢，给先生深深地鞠了一躬，而何先生仍然一丝不动。

将军又说："先生，我明天就要北上抗日，我担心我今天跪下，明天我就会站不起来。如若学生有生还之日，我一定会还上欠给先生的大礼。"

将军说罢，挺着腰板转身离去了。将军离去的时候，人们看见将军如铁的脸上流下滚烫的泪水。

将军这一去就再也没有回来，在与鬼子的一场激战后，弹尽粮绝的将军被叛徒出卖而被俘。鬼子捉住将军后要将军给他们跪下就放一条生路，将军不跪，鬼子用木棒抽打将军的腿，将军腿断而不折，直立而亡。将军战死的消息传到倒流河后，何先生失声痛哭泪雨滂沱。何先生在倒流河小学设灵堂悼念将军，何先生亲率全校学生行三拜九磕之大礼，何先生献给将军的花圈上亲笔写着：痛悼李忠烈将军，学生何思源叩首。何先生从此不许学生再行三拜九磕之大礼。

黄老八

出事的那一年，老八只有十八岁。十八岁的老八离开倒流河已经在北京洋学堂上了两年大学了。谁知那两个小日本糟蹋了那个本该成为他妻子的女孩，老八就用铁锹把那两个小日本给劈了。劈死了小日本，老八就潜回了没有小日本的倒流河。回到倒流河不久，老八就出了事。

老八本来是不该出事的。倒流河没有小日本，只有穿黄衣服的保丁和穿黑衣服的警察，而那些穿黄衣服和穿黑衣服的人见了县长的公子就把"八少爷"喊得山响。老八在北京上过洋学堂读过洋书，满脑子是洋道理，并且还差一点加入了共产党，见不得那些鱼肉百姓的保丁和警察，见了他们就如见了小日本，恨不能用铁锹把他们劈了，就像当年劈那小日本。可老八到底是喝过洋墨水的，他没有劈那些保丁、警察，可对他们也没个好脸色。这给老八日后犯事儿就埋下了祸根。

老八既然见不得那保丁、警察，就喜欢在没有保丁、警察的乡村里转悠。于是，在倒流河下游的金盆村结识了游击队大队长李杰。李杰也上过洋学堂，喝过洋墨水，洋道理也讲得一绺一串的，他们说得很投机，二人相见恨晚，立马喝了鸡血酒，成了拜把子兄弟。日后，李队长得了空就去拜访老八，有时是办事，有时是访友。凡是要办事没有不应的，凡是访友没有不喝酒的。老八与李队长来往得多了，老八也更见不得保丁、警察了，有时趁着酒劲儿还会臭骂一番，关系闹得很僵。久之，那些保丁、警察就合计着整老八。并且，他们也知道警察局麻局长早就羡慕县长的位子了。

这天，李队长又来了，老八就拿出好酒好肉尽情地招待。酒喝得正酣，话谈得也正热火时，麻局长就领着黄衣服的保丁和黑衣服的警察来了，来了他不说二话，把老八和李队长一同带走了。带到警察局，麻局长就把李队长捆在柱子上，一干人用鞭子拷问李队长，想从李队长嘴里掏出不利于老八和游击队的消息。可李队长任凭他们打得皮开肉绽，屁都不放一个，麻局长他们最终也没有掏出半点值钱的东西。

麻局长看见李队长的神态，知道打死他也掏不出一点有用的信息。麻局长狠毒，审讯的手段也多，变着花样使。李队长真是条汉子，任凭麻局长用哪种刑罚，他都不吭半句。麻局长看常规的手法不行了，就派人把李队长的指甲一个一个地往下掀，弄得血绺子在刑房四处飞溅，他也没有掏出半点消息。麻子见拷问不出，就拿出柳叶刀慢慢割了李队长的耳朵，李队长的血顺着身子淌，仍然是半句不吭。老八还没见过这样骇人惨烈的场面，吓得裤裆一热脚下便湿了，他只觉得麻局长比小日本还凶狠残暴。老八紧闭眼睛不忍去看，却又挂念李队长，不得不看。于是他看见了麻局手中的柳叶刀顺着李队长脖子往下滑，他便看见了红的血在咕咕叫，可是柳叶刀还在滑，那刀慢慢地滑到了男人的圣物。老八就抬眼去看李队长，李队长也正眼巴巴地看着他，从李队长那明亮的目光里，他读懂了一句话："打死我！"于是黄老八就转身操起一把铁锨，照准李队长的头颅劈了下去，只听李队长大喊了一声："痛快！"李队长就痛快地死去了。

县游击大队队长李杰就这样死了，死时只有二十二岁。

县游击大队队长李杰被打死了，凶手是黄老八。黄老八打死了李杰，麻局长只好放了老八。黄老八出来了，警察局麻局长就死了。死时被割了耳朵，挖了眼睛，剖了心，也没有了圣物。都知道这是麻局长的杀人手法，没有谁知道是谁杀了麻局长。

只是有人看见麻局长那些东西被摆在李队长的坟前做了贡品，只知道黄老八当上了警察局局长，领着一干人在破案。

民国三十八年，老八当上了县长。这年的秋天，解放军就来了。解放军来了，老八就率部起义，解放军没放一枪就进了城。老八人善，待下属和百姓很宽厚，没人告他的黑状，可解放军的王团长还是找到了老八，问起李队长的死。王团长曾经给李队长当过警卫员，老八认得。

"老八，李队长是从你家抓走的?"

"是从我家抓走的。"

"是你告的密?"

"不是。"

"是你杀的?"

"是的,我用铁锨。"

"为了甚?"

"我看李队长是条汉子,不忍心他再受折磨。"

"你——不杀他,也许他还能活着。"

"那不可能!"

"我们当时正在想办法营救,可你为了自己不受牵连,就杀了李队长。因为杀李队长有功,你后来就当了警察局局长。"

"我……"

老八"我"不出来了,他不知道有人来营救,李队长还有活的可能,他只认为李队长生不如死,就用铁锨成全了李队长,没想到他把自己推进了说不清的境地。

"这事弄的,"老八叹了口气,"李队长是我杀的,我有罪。"

"你——起义有功。"

"我去看我兄弟呀,他等着。"

王团长看着老八走了,就趴在桌子上陷入了沉思。过了许久,他听到一声沉闷的枪声,循着声音跑过去,就见黄老八跪在李队长坟前,眉宇间一点梅花,殷红的血汩汩而流,人已死了。死时,也只有二十二岁。

"同济堂"的邬先生

倒流河本地人氏没有邬姓，邬先生是从河南上陕西的。邬先生从河南背着书上陕西的时候，何四爷还没有死，何四爷就把自己的一间门面房租给了邬先生。邬先生会诊脉看病，他就在倒流河镇开了一家诊所，叫"同济堂"。每天天一亮，邬先生就坐在"同济堂"里候诊。

邬先生只有四十多岁，瘦面，无须，又戴一副黄铜镶边的水晶石眼镜，显得儒雅文气。而且，邬先生的穿戴也十分的讲究，不是长袍马褂，就是高领中山服，内外上下的搭配也十分讲究，人们见了都是一脸的敬畏。其实，邬先生非常和善。没病人了，他就坐在"同济堂"一册一册地读那线装书；来病人了，他就放下手里的线装书站起来迎接病人；闲聊了，眼睛就透过眼镜，给你讲古；求医了，眼睛就翻出眼镜，给你治病，早见晚见他都是那么和善和仁厚。

邬先生不仅和善，而且技艺也好，找他诊病的人就很多。人多了，免不了也有许多没钱的穷人求他诊治，邬先生也不拒绝，一样的热情一样的诊治，钱么，只有挂在账上。因此，邬先生的客人虽然不少，可没有挣下多少钱。有人为邬先生叫屈，邬先生知道后，只是一笑，说："我是行医呢，我又不是挣钱。要是挣钱，我何必来倒流河。"

邬先生不是为了挣钱，可邬先生还是挣钱。邬先生挣钱是在何四爷死了以后。

何四爷被麻局长以通匪的罪名枪杀后，何家人都不敢收尸，都担心再背上一个通匪的罪名，何四爷的尸体就摆在西河坝。邬先生知道后，就买了一副上好的柏木棺材，买了绫罗绸缎的老衣，赶着马车把何四爷拉回倒流河。麻局长知道了就挡住邬先生，不准收尸不准拉回倒流河。他见邬先生如此张狂，就想把邬先生投入大牢。

麻局长问："你是他什么人，凭甚来收尸？"

邬先生白了他一眼，说："我是他朋友。"

麻局长问："朋友？莫不是同志哥？"

邬先生说："不是，是朋友。"

麻局长说："他是通匪罪，你莫不是共匪？我要把你投进大牢！"

邬先生说："坐大牢我不怕，你先让我把何四爷安埋以后再说。"

邬先生说罢，漠然地瞪了麻局长一眼。然后洗去何四爷身上的血迹，给他穿上老衣，抱起何四爷装进棺材里，再拍拍身上的尘土，赶着马车傲然地离去了。麻局长和他的黑狗子看着邬先生慢慢地远去了，什么话也没说，也跟着去了。

邬先生把何四爷安埋后，满以为麻局长要来找他的麻烦，就把店里的事情安排好，收拾好一包线装书准备去坐大牢。可麻局长一直没来，倒是找他看病的人一日日多了起来，一是相信他的医术，二是敬重他的人品，就连镇安城里许多富商大贾有病了，都撵到倒流河来请他诊治。不管是南来的北往的，邬先生是一样的精心，一样的热情，邬先生的生意就越发地红火。

就这样，邬先生很快就富了。邬先生富了，就引起了"鲤鱼塘"张胡子的注意。一天夜里，张胡子就领着一群喽啰撬开了"同济堂"的大门。张胡子走进"同济堂"时，他发现一个瘦面、无须、四十多岁戴着眼镜的汉子在灯下读书，对他的到来全然不理。这可是从未有过的事情，张胡子就想给他一点颜色。张胡子恶出一口浓痰，"啪"的一声甩在大厅里，邬先生才放下书，笑着问："诊病呢？"

张胡子也不作答，拎着手枪擦了擦鬓角。邬先生呢，眼睛则翻过眼镜，说：

"你的病早了，我治不了。"

"治你个鸟，我是土匪张胡子。"

"哦，想什么就拿什么吧，别拿我的书。"

邬先生说罢，又坐下看书。

昏暗的桐油灯下，邬先生看得那么专注而又那么的凛然不可侵犯，张胡子兀自呆了。直到喽啰喊他下手时，他才领着喽啰悄然地走了。走到门外，他回头看看，邬先生依然专注地看书。书里的故事张胡子不知道，但张胡子自此知道倒流河有了读书的邬先生，自此他不再涉足倒流河。

　　倒流河平静了两年后，就解放了。解放后邬先生就把诊所交了公合了营。"同济堂"就改名卫生院，邬先生不当老板当了院长。后来，院里又来了书记，再后来书记又兼了院长，邬先生又当医生。当了医生的邬先生和初来小镇时一样，每天天一亮就到卫生院候诊。这时，邬先生已经六十多岁，仍是无须，瘦面，鼻梁上戴一副镶铜边的水晶石眼镜。不过他已不穿长袍马褂了，一色的中山装白衬衣，儒雅得让人敬畏。有人看病了，他的眼光就越过眼镜给患者诊病，没人诊病了，他就坐在那里看线装书。人们虽然为他叫屈，他不在乎当院长或是当医生，他依旧是那么宽厚和热情。可是，他不在乎别人很在乎，别人不希望邬先生一直挡在自己的面前。于是，"文革"开始的时候，他的一个学生领来红卫兵，把他的线装书当作"四旧"烧了，他的处方权也被红卫兵剥夺了。他们还给邬先生准备了盛大的批斗会。在批斗会上，倒流河的人看到邬先生的头发竟然一夜间全白了。邬先生的头发虽然白了，但邬先生仍然穿着笔挺的中山服白衬衫，鼻梁上架着镶着铜边的水晶石眼镜，仍然儒雅文气得让人敬畏。满眼依然是那样的仁厚和热情，人们见了，心里就涌出一阵说不出的滋味。

　　是夜，邬先生就死了，邬先生死了，倒流河的人就把他的学生赶出了倒流河。倒流河卫生院的医生就一茬儿一茬儿地换，一茬儿一茬儿换了许多人，倒流河的人明明知道邬先生已经死了多少年了，每次到了医院还是嚷着要找邬先生治病，邬先生好像至今还活着。

爷爷生命中的那一刻

　　那一年夏天，爷爷大学毕业后从京城回到老家。爷爷回家取钱是准备和同学出国留洋学医的，爷爷有着一腔报国的激情。爷爷的爷爷是一代名医，爷爷的爷爷有这个能力让爷爷去留洋十年八年，他甚至希望他的孙子在海外成家立业。国内太乱了，不是军阀，就是土匪，小鬼子也闹得天翻地覆，爷爷的爷爷不知死了多少回了，他真的不想让爷爷留在国内，万一有个三长两短，三代单传的香火就灭了。因此，爷爷提出要留洋后，爷爷的爷爷就典当了两家药铺，给爷爷筹足了路费。当爷爷拎着这笔钱准备出发时，爷爷的爷爷想，也许自己今生今世都见不着自己的孙子了，爷爷的爷爷想留爷爷在家多待几天，可又怕鬼子来了。爷爷的爷爷说，你只在家里待一天吧。爷爷说，待一两天无所谓。爷爷的爷爷说，只待一天让爷爷看个够，也许……爷爷听了，就说，那就待一天吧。

　　爷爷就在家里待了一天。

　　第二天一早，爷爷拎着皮箱正准备离去时，爷爷离不开了。日本鬼子进村了，爷爷就和刘家屯的人一起被集中在屯中间刘家祠堂里。老老少少一千多口人都集中在这里。早先空旷的祠堂立马显得十分窄小，而祠堂的门外十分的宽阔。能到祠堂的门外该有多好哇！祠堂的门口有两个凶神恶煞一般的鬼子把守着，谁也不敢动作，就连小孩子也不敢哭泣，生生地望着冒着寒光的刺刀，等待未知的命运。

　　有一个小孩终于忍不住了，发出了第一声啼哭。爷爷还记得他的哭声是那样的清脆和锐利，人群霎时间吵闹起来。爷爷正想高喊一声和大家一起冲出去，站在爷爷身边的爷爷的爷爷一把捂住爷爷的嘴，与此同时，鬼子手中的枪也响了，接着那哭叫的孩子就倒在了妈妈的怀里。人群立马安静了，就连孩子的妈妈也捂着自己悲痛的嘴。爷爷的爷爷也松了手，爷爷就冷冷盯着祠堂的门口，等待更多的鬼子出现。

门口只有两个鬼子，枪响之后又来了两个鬼子，此后再不见更多的鬼子出现。爷爷回头看祠堂的人，人们都漠然地望着鬼子。鬼子呢，鬼子则抖着寒森森的刺刀。在刺刀的威逼下，恐惧就像一股烟雾在人群中弥漫开来，爷爷也觉得有一股寒气从脚底蹿到了头顶。爷爷又回过头，爷爷想寻找一个坚强的北方汉子，想寻求一份鼓励，寻找一份信心。爷爷挺起了胸，抬头又去寻找，可爷爷的爷爷又掐了他一把，低声说："你咋忘记了那一年？"

爷爷没有忘记那一年。

那一年土匪刘黑七的手下破了屯子，把全屯的人都集中在祠堂里，就像今天一样，留几个土匪守着祠堂，其他的土匪去搜刮财物。人们虽然害怕，还是有几个胆大不信邪的，挑起头来要反抗。只是他们张开嘴还没有发出声音时，土匪手中的枪就响了，他们应声倒下，剩下的都吓得噤若寒蝉做声不得。直到土匪搜刮一空走出村口二里地了，死者的家属才发出一声干涩的号叫。爷爷的爷爷就告诉爷爷，不要做出头鸟，因为枪打出头鸟。

爷爷想起这件事，挺起的胸膛又陷了下去，自然也不敢回头去寻找那份鼓励和支持。爷爷想，难道那些勇敢的人都被杀绝了吗？爷爷不甘心，爷爷的胸膛又慢慢地挺了起来。爷爷竖起耳朵悉心倾听祠堂外面的声音。除了门外几个鬼子皮鞋的踢踏声外，再没有别的声音。爷爷想，难道只有这四个鬼子吗？爷爷又倾听了一番，爷爷确信只有四个鬼子后，爷爷明白了等待面临的危险。爷爷再也不顾及爷爷的爷爷的反对，抬头去寻找一份鼓励，寻找一份信心，寻找一份支持。

爷爷的眼光在走过许多眼光之后，他们的眼光相遇了。爷爷从那双眼睛里看到了一份期待和忧郁，更多的是鼓励和支持。爷爷的心中顿时豪气冲天。于是，在祠堂的门口鬼子稍一松懈的一刹那，他们便不约而同地冲了过去。爷爷扑倒了一个鬼子，那人"刷、刷、刷"地撂倒三个。解决了鬼子，那人来不及和爷爷打声招呼，立即带领全屯一千多人迅速转移到屯

永远的隔壁

后的大山里。

这时，躲在林子里的爷爷发现一队鬼子进村了。

这时，躲在林子里的爷爷听邻村逃出来的一个人说，全村八百多人在等待到最后被鬼子全部屠杀了。

这时，躲在林子里的爷爷终于明白了那人的身份。

这时，躲在林子里的爷爷就把手中的皮箱交给了爷爷的爷爷，和那人走出了林子。在身经百战后，本欲求医的爷爷却成了一名将军。

六十四年过后，八十二岁高龄的爷爷终于见到昔日出国留学已成为医学泰斗的同窗。同窗为爷爷的一生深感惋惜。爷爷笑笑说："我不惋惜。因为那一刻使我明白：一个称职的军人有时远比医生的责任重大。"

爷爷说罢，爷爷又想起了那一刻，爷爷永远都忘不了那个人和那一刻。

八　爷

　　日头子歹毒，八爷顶不住了，就躲在树荫里纳凉。风也热，旁边水库的戏水声撩得八爷心痒。八爷望了望，还是懒得动弹。在汉江河摸鱼的日子已是久远的事了，如今老胳膊老腿，能不动弹就懒得动弹。

　　八爷美美吸口烟，望望黑乎乎的包谷地，伸伸酸痛的腿，心里又骂起二狗子：日他姥姥，你的女人也结扎了，老子把你的独苗苗整死，叫你也当绝户头。

　　八爷恨二狗子，要整死二狗子的独苗苗。八爷脾气倔，恨谁就恨死了，说整死就会整死。八爷知道，二狗子知道，二狗子的独苗苗也知道。八爷想，整不死就不是八蛮子，整不死就是猪，就是猪腿里夹的。于是，八爷闲了就谋划着怎么整死二狗子的独苗苗。八爷要做得不显山不显水，免得让公家拉去用枪崩了。他不想跟爹那样遭枪崩。八爷想起爹。

　　爹那年就是叫二狗子的爷爷用枪崩的。用的土枪，脸成了烂棉花。那一刻，八爷就恨死了二狗子的爷。后来，二狗子的爹又强奸了他女人。女人面皮薄，吊死了，八爷又恨死了二狗子的爹。再后来，八爷的儿媳生了个闺女，当村长的二狗子就叫人把他儿媳结扎了。末了，儿子遭车祸死了，儿媳领着闺女跑了，八爷就断了根，成了绝户头。八爷又恨死了二狗子。八爷恨二狗子，却打不过二狗子，八爷要整死二狗子的独苗苗。

　　八爷下死心要整死二狗子的独苗苗。八爷知道，二狗子也知道。八爷想把二狗子的独苗苗诱上山，用葛藤勒死，用棍子打死，要么用镰刀割下那小狗头。八爷想把二狗子的独苗苗哄到水边，给身上拴块石头，往水里一丢喂鱼。八爷进山还扯了"三步倒"的毒药，做了几个白雪雪的糖包子馍，给二狗子那独苗苗吃，毒死了去。八爷想把二狗子一家锁在屋里，点一把火把他家都烧死了去。八爷想，八爷又想，八爷还想……

八爷想了好多办法，八爷还没整死二狗子的独苗苗。八爷要整死二狗子的独苗苗，八爷知道，二狗子知道，二狗子的独苗苗也知道。二狗子躲着八爷，二狗子的独苗苗躲着八爷。八爷要做得不显山不显水。

八爷想：这是世仇。不整死就不是八蛮子，就是猪，就是猪腿里夹的。

八爷磕磕烟灰，听听水库里伢子的戏水声，心想二狗子的独苗苗一定在那儿洗澡，今天就去把他整死，叫他狗日的当绝户头。八爷站起来，恶出一口浓痰。八爷锄草去了。水库边人多，八爷是有脸的人，八爷不想叫公家拉去游斗，不想跟爹一样挨枪崩。

八爷挂着锄头又想起二狗子。要不是二狗子狗日的缺德，这毒的日头子，他是懒得进地的。人老手笨，不下地活计赶不出来，庄稼跟不上节令。八爷想罢，抡起锄子，包谷地里就蹿起"嚓嚓"的声响。这时，八爷才能忘记二狗子，忘记二狗子的独苗苗。他只恨包谷棒子太小了，要是长成老碗粗，擀面棍长，那就美死了。

八爷想到这儿，难得地笑了。抬起头，沟沟岔岔的汗水汇集于下巴，跌落在松软干燥的泥土上，倏地不见了。八爷扯起衣襟擦把汗，就听水库边传来小鬼叫魂般的叫声。

"救命呐，救命呐！"

八爷听了，脚底如生了风般冲向水库，"咚"的一声跳进水里，抓住那沉浮的伢子扯上岸，再把那伢子平放在腿上，又是掐人中，又是接气。忙活了半天，落水的伢子才睁开了滴溜溜的眼睛，八爷才觉得累了，瘫坐在地上，气喘如牛。

平了气，又吸袋烟，八爷才看清救起的伢子是二狗子的独苗苗。八爷没有想到会是这样，心里就空落落地慌。末了，八爷恶出一口浓痰，骂句"日了鬼了"，就茫然地离开了水库。

"老白干"情结

　　老严是爱喝几盅酒的，有事没事他都想抿两盅。老严不是领导，老严喝的酒都是自己用工资买的，所以老严没有喝过好酒，都是那一块钱一斤的老白干。三盅就昏，两斤不醉，老严练就了一副好酒量。

　　领导知道老严爱喝酒，并且酒量很大，上面来领导了，领导就让老严去陪酒。那酒都是好酒，老严只听说过，自己却没喝过，老严接过领导递过来的杯子就喝。没想到一喝就喝醉，醉了就吐，趴在桌子边嘴里就吐了，直吐到大小领导都离开了桌子，他还不停止。以后，上级来人了，领导再也不叫他了，老严也不介意，老严就在家里喝自己的老白干，一盅接着一盅喝，喝得有滋有味。看着老严那有滋有味的神情，女人说老严命薄，老严也说自己命薄。命薄的老严虽然喝着那一块钱一斤的老白干，工作却干得红红火火。

　　因了那老白干，老严工作干得红火火；也因了那老白干，老严始终干不上去。干不上去了，老严也不在乎，他只在乎有没有老白干。有了老白干，工作就有了劲儿；有了老白干，老严也不怕得罪领导和那些说情的人，每件事情都干得干净利落。每每看见悻悻而去的领导和黑着脸的说话人，老严就一盅一盅地喝着自己的老白干，心里舒服得要死。舒服的老严就咂吧咂吧嘴冲着女人说，这老白干真不错呀，这辈子怕是离不开老白干了。

　　后来，也许是因为老白干的原因，老严的胃坏了，老白干就没有可存放的地方了，老严不得不告别老白干。没有了老白干，老严好像丢了魂儿，也没了威力，老严就被过去的领导调出了刑警队。离开了刑警队，老严三转两转地转进了反贪局。很想念刑警队的老严也很喜欢反贪局的工作。老严不喜欢贪官污吏，可他到了反贪局后，却喜欢和他们打交道，就像早先在刑警队时喜欢那些罪犯一样，总想找个机会把他们收拾一顿。老严刚入门的时候，总是干得很起劲。可惜，终究是不喝老白干了，老严常常显得力不从心。常常是费神费力地弄好了一个案子，揪住了老鼠并不光滑的尾巴，满以为可以端掉一窝老鼠呢，没想到还是让那老鼠跑了。老严的心里就很惭愧，老严常常想起那时拥有老白干的日子，那时的日子真是滋润。于是，老严就偷偷地拿回了一瓶老白干。闻着老白干的醇香，老严不想白干，更不想当"老白干"。每次听到朋友轻蔑地喊他"老白干"时，他都想起当初在刑警队喝老白干的日子，那时谁不敬重他三分。而现在呢，连老婆儿子都笑他是"老白干"。白干没意思，老白干更是没意思。没意思的老严就去买了好多的"老白干"放在自己的办公室里，有事没事他都抿上几口。老严已不胜酒力了，三口两口的就迷迷糊糊的了。

老白干真的管用，喝了老白干的老严又像往日一样虎虎生威了。别看他迷迷糊糊不得醒的样子，可他经手的案子却办得丝丝相扣滴水不漏。遇上领导或是朋友求情了，老严就低着头去喝他的老白干，一盅挨着一盅喝。几盅下去，老严就迷糊了，迷迷糊糊的老严生生是把那案子办成清清朗朗的铁案子。办成了铁案子，老严就不会白干了，不白干了，谁都不能再喊他"老白干"了。老严逮住了一窝一窝的老鼠后，单位也有了光彩，同事们也有了光彩，同事们就准备向老严表示一下自己的敬意。敬什么呢，老严爱抿几口。于是，同事们就凑份子给老严买了两瓶上好的酒。

老严真的命薄，平时的老白干喝了那么多也不见有事，可这好酒一盅就喝坏了。老严喝坏了，同事就想起老严平时喝的老白干，他们不顾老严的反对开了老严的一瓶老白干。老白干打开了，他们才发现老严那老白干竟然是凉开水。可是他们谁也没吱声，他们一盅挨着一盅把那瓶水喝了。喝完了水，他们一个个都变得迷迷糊糊的却又虎虎生威了。

村长家的猪

　　乡长宣布王福当选村长后，王福家的猪就知道自己成了村长家的猪，那猪就高兴地在圈内蹿上蹿下直哼哼。哼罢了，它就想弄一点什么吃庆贺一番。可王福的女人也就是村长的女人，陪乡长喝酒去了，再也懒得去答理它，它饿得实在没法子了，就翻出猪圈走出了宅院。

　　时令正值初夏，天气不冷不热。宅院外老耿家田里的蔬菜长得鲜嫩迷人，引诱得村长家的猪不自觉地就钻进了老耿的地里。村长的女人很懒，平时村长家的猪凑合过活，一顿饱一顿饥不说，还没有一顿好吃的。老耿田里鲜嫩的蔬菜自然比村长女人准备的东西甜美得多，村长家的猪就吃得很香也很甜。

　　村长家的猪吃得又香又甜的时候，村长的女人喝晕了酒就往家里走。村长的女人走到门口时发现自家的猪跑进了老耿的菜地里，女人就急着想把猪吆喝进圈里。村长的女人知道老耿可不是一盏省油的灯，以往的猪和以往的鸡也在老耿的地里糟蹋过庄稼，老耿从没有对它们手软过。可村长女人的确是喝多了一点，走到门口已没了说话的气力，更不用说是吆喝猪了，只好眼睁睁地看那猪在老耿的地里吃得有滋有味。村长的女人没法子了，就想，反正王福已当了村长，你能把他咋的？再说是猪吃了，又不是我吃的。村长的女人想着，就坐在门口的小凳子上睡着了。

　　村长的女人醒来的时候，村长家的猪已经满腹而归。看着猪那浑圆的肚子，村长女人知道惹了麻烦。不要说是老耿家的蔬菜，无论是谁家的都是不应该的。再说，王福刚刚当上村长，村长家的猪就到处乱吃，终究是一件说不过去的事情。村长的女人就找来一点钱揣在身上，等老耿上门了，她就给老耿赔偿损失。

可是老耿家没人来，村长的女人只好揣了钱去找老耿家的。她担心老耿家的那张没遮没拦的嘴在村长大喜的日子把村长骂得狗血喷头。村长的女人走进老耿的院子，老耿家的就一脸笑意迎了出来。村长的女人说自家的猪吃了你家的菜，老耿家的先是不承认。后来承认了，就说吃了就等于是村长吃了，村长吃了就等于是我们自己吃了。蔬菜么，就像是男人胡子刮了又长，没甚稀罕的。老耿家的说着就把村长女人递过来的钱挡了回去，而且还给村长女人装了一篮新鲜蔬菜。村长的女人拎着一篮蔬菜回到家里，心里先是迷糊，后来就清醒了。清醒之后她的心里就像抹了蜜。两天后，那猪又翻出圈，她也不再管，由着那猪去吃别人的蔬菜吃别人的庄稼。起初，村长的女人还准备几句话等着有人找上门来，可等了几次，那些人就像老耿家的一样，猪吃了不说，他们还送，弄得自家的猪像是村长，又吃又拿。后来，村长的女人不怕人找麻烦事了，而且还很得意，很得意的村长的女人又懒了一点。她请人拆了猪圈，任那猪在满村子转着吃，满村子似乎都成了她家的猪圈。

村长的女人胖了，村长的女人也更懒了，不说是割草喂猪养羊了，就连猪夜里回来，她也懒得答理。于是，院子里就弄得乱糟糟，村长的女人就狠下心，找人把猪杀了，把羊宰了，把鸡也一只只烫了。

没了猪，没了羊，也没了鸡，院子就清静了许多。坐在清静的院子里，村长的女人想这回不喂猪、不喂鸡、不喂羊了，以后吃甚呢？甚都吃。村长的女人后来发现，自己虽然不喂猪，可猪肉比别人的多，自己虽然不喂羊，三天两头就喝羊肉汤，自己家虽然不喂鸡，天天都有鸡蛋卖。家里甚都有甚都吃，日子美气得很。

再后来，村长的女人不知村长变啥法子，不仅弄得有吃有玩有乐，而且还盖起了小洋楼。每每坐在小洋楼上看着满村子的景物，她就美气地笑了。笑着笑着，她就想，幸亏那猪，幸亏那猪吃了老耿家的菜。村长的女人一高兴，忍不住骂了句：狗日的猪，真是一头好猪！

报　答

　　胡而立胡局长听说余老师进城来打工的消息后，他立即通知秘书安排了一下，决定把他的老师好好地招待一顿，以感谢余老师对他如山的情意。

　　胡而立十岁的时候，父亲死了，家里穷得掏不出学费上学。他游手好闲地满村子晃悠，谁见了他都烦，他见了谁也烦。烦到最后，他就开始干坏事。起初是偷偷别人的蔬菜瓜果，后来就偷鸡摸狗，直到有一天被送进了派出所。他只有十岁，派出所拿他也没有别的办法，只好通知学校去领人。他没上学，学校完全可以不管，可学校新来的余老师还是去把他领回了学校。

　　领回了学校，他就算是入了学，成了学校的一名正式学生。余老师不仅给他缴了学费，而且为他购买了学习用品，课余饭后还为他补习功课。胡而立很乖觉，知道自己的学习机会来之不易，他就用双倍的努力来回报余老师的关怀。他也很聪明，仅用了三年的时间就完成了小学六年的功课，第四年就以优异的成绩考上乡里的初中。

　　考上了初中，家里还是没有钱。他虽然想上学，再也不好意思再去找余老师了，就流着泪把通知书烧了。他知道，像他一样年纪的孩子也应该为家里做一点什么了。可是，开学的时候到了，余老师又找到他，要他继续去上学。余老师说他极有灵气，将来一定会念出点名堂。至于学费嘛，我们共同想办法。

　　就这样，他又进了中学。他知道像他这样的孩子早就上不了学了，要不是余老师，他根本就没有上学的机会。他知道，余老师不仅支持他上学，还帮助别人。因此，他在学校努力地学习，放学了就上山砍柴挖药，

119

尽量地减轻余老师的负担。可是，课余的时间不是很多，他的能力也不大，挣来的钱也解不了饥荒，更多的时候还是靠余老师的资助。他知道自己现在没有能力报答余老师，他就加倍努力地学习，用自己优异的成绩来回报余老师的恩情。

那时的他确实努力，他不仅年年是第一，他还用全乡第一的成绩考上了高中，而且以全县第一的成绩考上了大学。他虽然是那个小山村考上的唯一一个大学生，面对那一大笔学费却没有一个人愿意帮他。为了筹集学费，他跑了许多的路，也受尽了屈辱。就在他要绝望的时候，又是余老师把准备结婚的钱借给他做了学费。当他拿着那笔钱告别余老师的时候，他什么也没有说，他唯有毕业后好好报答余老师了。

可是，待到他大学毕业参加工作了他要还账了，还没有开始还呢而他又要结婚，结婚不久呢又领了孩子，孩子还没有上学呢又要买房子。事情一件接着一件，既没有能力，也没有机会。后来呢，经济上虽然轻松了，官场上又多了一份应酬，有心想请余老师到省城来转一转，余老师却拒绝了。有心想回去看看吧，他又担心惹来一些不必要的麻烦。再后来呢，官做大了，余老师的恩情虽然不曾忘却，可是那份情感却一日日地淡漠了。

没想到就在这时，余老师突然来到了省城。往事又潮水般漫起。他一辈子都不会忘记，如果没有余老师对他的帮助，也没有他胡而立的今天。因此，他亲自到余老师居住的地方，把余老师接到省城最好的酒店，他要用最高的标准来接待余老师以报答余老师的情谊，他已经具有这个能力了。

他没有想到余老师是领着一帮十一二岁的学生来打工挣学费的，而且年年都来。见了那些孩子，他立即就想起自己的童年，心里就有了一种说不出的感觉，他就连那些孩子一起请到了酒店。在酒店里，他讲了自己苦难的童年，讲了余老师的帮助。为了那些孩子，他也不无骄傲地介绍了自己的现在。他希望那些孩子能够珍惜自己的机会，将来用自己的成功来报答余老师。

胡局长说到这里的时候，服务员端来了菜，也上好了酒。看着那满桌的美味佳肴，不仅是那些孩子，就连余老师的眼睛也直了。一个孩子擦了一把哈喇子，小声说，这些菜大概需要一百多元钱吧。胡局长轻轻一笑，说，一百元？一百元你连这个酒店的大门都不得进。再说了，我能用一百元的水平来报答我的老师？那个孩子胆怯地问，那需要多少钱？胡局长笑笑说，不多，不算酒水是一万二。那个孩子吐吐舌头，喃喃地说，那么多。胡局长骄傲地说，不多，我希望你将来长大了能用更高的标准来报答余老师。那孩子一笑，那肯定，等我将来当了官，我给余老师摆三万元的酒席报答余老师。

那孩子说罢就回过头去看余老师，余老师拍拍他的头，说，等你将来长大了，余老师不吃你的酒席。只要你能救助一个失学的孩子，就算是对老师最好的报答了。说罢，余老师头也不回地就走了。余老师走了，那些孩子也跟着余老师走了。

永
远
的
隔
壁

回　乡

　　王市长轻车简从回到小镇绝不是没有衣锦还乡的意思，而是想把这种意思表现得含蓄一点，以免留下一些话柄，不然日理万机的他，就没有回小镇的必要了。

　　王市长童年的时候曾在小镇住过两年，那时候他只有七八岁，也不是市长，而是和黑蛋、狗蛋相差无几的铁蛋。父亲被打成走资派后，母亲戴着一顶右派帽子和他来到小镇。因为母亲有满脑子的好文墨，右派就成了学校的老师，成了老师的母亲不仅没有受到小镇人的歧视，而且还受到小镇人的尊敬，就连他也颇受人们的喜爱，但那些日子在他心里仍然是一个创伤。他常说，没有在小镇所受的屈辱，就没有今天的成绩和地位；没有在小镇受到的歧视，也没有今天这个市长。想象之中小镇给予他的屈辱和歧视成了他前进的动力，小镇给他的坎坷也成了他骄傲的资本。

　　因此，他当上市长的第一件事情，就是想回小镇，想体味一番衣锦还乡的滋味。因为，一个市长在他父母居住的大院里并不耀眼，而在小镇乃至小镇所在的这个偏远小县却是绝无仅有的。可是，当上市长以来，他每天都在忙，日理万机地忙，整天忙些说不清的事情，实在是抽不出一点时间，也难了心头之愿。

　　今天，他终于抽出一点时间回到小镇。眼前的小镇变了，青石板的小街被水泥硬化了，过去的破烂瓦房换上了好多的楼房，摩登的姑娘与州城的相差无几，以往的痕迹已难寻觅。王市长心里顿时充满遗憾。遗憾小镇变得太快也太好了，遗憾这些变化与自己毫无关系。其实，王市长遗憾的事情真的太多了，他虽然当过许多的官，却没干出什么事。他虽然当了两年的市长，也只是讲了两年的话，拍了两年的电视。工作成绩虽然没有，报纸上却是天天有他的照片，电视里天天有他的影子，弄得像个名演员似的，无人不知无人不晓。

也正是如此吧，王市长虽然是独自走在小镇的街道上，小镇的人显得很是热情，纷纷和他打招呼，还不断地问候他母亲，虽然没有一个人喊他王市长，也没有人喊他的大名。可热情的笑脸和滚烫的话语让他幸福让他自豪。他觉得自己回乡是正确的，他想展示一番当初的铁蛋现在的市长的威仪。他昂首挺胸从街头走到街尾，又从街尾晃到街头，那越来越热情的笑脸使他的心里热乎乎的。这时，他后悔自己没带记者来。王市长出门没有不带记者的习惯，他想今天要是带上几个记者，那些热情的场面拍成录像可以上中央电视台，那些照片也会上《人民日报》，那时，一向严厉的母亲说不定也会翘起大拇指。

想到这儿，王市长来到一个电话亭，他想打个电话召来几名记者。拿起了话筒，守电话的老人就热情地递上一听饮料。握着清凉的饮料，王市长禁不住问了一句：

"老人家，小镇人常看市电视台吗？"

"不看，市电视台都是领导在拍戏。"

"常看市报吗？"

"不看，市报都是领导的讲话。"

"那你们——怎么知道我？"

"我们不知道你现在是什么，我只知道你长得像你妈。你妈在我们这儿教过书，我们都记得她，也都记得她的恩情。因此，我们见了你，我们就想到了你妈。"

老人说罢，又关切地问起了他的母亲。王市长却低着头走了，他的心里涌起一阵阵酸甜苦辣。

对 手

　　大胡当上局长的第一天就发现李副局长对他充满了一种敌意。大胡虽然才当上局长，但他知道班子团结对于一把手的重要性。班子不团结了，不仅工作不好开展，其他的什么事都不好办，就像黑暗中有一双眼睛盯着你，无论做什么都放不开手脚。为了消除李副局长的敌意，聪明的他就找了一个借口，想和李副局长沟通沟通。可是，李副局长并不领情，没有一点要和他沟通的意思。

　　李副局长不仅这一次没有和他沟通，以后的多少次努力，李副局长都不愿意和他沟通。李副局长不愿意和他沟通了，大胡没有别的办法，就权当他是一个对手，小心地提防着。

　　身边有一个对手的日子真不好过，做什么都害怕留下把柄让对手逮住了。因此，他无论做什么事情，提前都要深思熟虑一番，把方方面面的情况都考虑到，做任何一件事情他也都要征求一下李副局长的意见，总担心不和他通气会出现什么问题，给他人留下大做文章的机会。

　　身边有对手不仅工作不方便，其他的事情更不方便。外地的同学来了，他想用公款耍一次大方，他担心李副局长知道了胡说；到南方开会，老婆孩子想顺道去看看风景，又害怕李副局长到领导那里去打小报告；单位有公款想给职工发一些福利，买几句好听的话，却害怕李副局长去告状。看别的单位局长和副局长团结一心吃喝玩乐的日子，他眼气得不得了，就是没有办法。尤其是遇上有同学让他用公款消费他不敢答话的时候，他恨得牙根发痒却又做声不得。有时他也想找一下领导，把班子调整调整，又害怕领导有什么误会于己不利，只好作罢。

　　当然，身边有一个对手也不是什么好处都没有。比如说有什么得罪人的活，他就让李副局长去做；有什么棘手的事情了，他也可以交给李副局长去办。如果李副局长不干，他就有了赶走李副局长或是收编李副局长的理由。而李副局长呢，自然也不会推辞，就竭尽全力地去办。因为李副局长明白，局长交给他的不仅仅是工作，也是赶走自己或是收编自己的一个借口。

李副局长干好了工作，他就有了成绩，也就没有赶走李副局长的理由。没有了赶走李副局长的理由了，他也发现了李副局长的能力，他更加努力也更加谨慎了。他不仅努力地工作，也努力地清正廉洁。他想，既然赶不走他，只有自己努力工作等待组织的召唤了。

因为自己非常努力，作为副职的李副局长也不敢懈怠，他们单位的工作不但干得有声有色，而且廉政建设也搞得很好。于是，大胡得到了重用，被提拔到另外一个更有权力的局担任了局长。上任以后的大胡发现，这个局不但更有权力，而且没有一个人愿意做他对手。

没有对手的日子真的很好。没有人反对他的意见，没人给他使绊子，局里局外的人都仰望着他，给他微笑，给他关怀，给他谄媚，给他威严。他要什么有什么，他说什么是什么，常常是他没有说什么也没有要什么，只要他想什么就会有什么。

那时的日子真的很好，顿顿山珍海味，夜夜莺歌燕舞，没有他办不成的事，也没有反对他的声音。仅仅一年的时间，他携妻带子踏遍了长城内外，他也带着情人情洒长江两岸。每每享受着这美好的一切，他忍不住就大骂一声李副局长，害得自己白白耽误了两年宝贵的时间。

时间真的很宝贵，也仅仅是一年的时间，大胡就出事了。当冰凉的手铐套在他的手上时，他就想起了李副局长，想起李副局长和他作对的日子。他想，要是有对手就好了，有了对手，自己也就不敢胡作非为了。

爱好领导的爱好

　　我们单位有一个优良的传统：爱好领导的爱好。也就是说，每一个领导来了，大家都要花费一番工夫研究一番领导的爱好，然后再花费一番工夫爱好上领导的爱好。于是，领导的爱好就成了单位全体同志的爱好，领导的爱好就成了我们单位对外交流的拳头产品了。

　　比如说汤领导来了，汤领导爱好下陆军棋，我们单位的人都爱上了陆军棋，就连几个连围棋都觉得俗不可耐的大学生，有事没事就把军棋摆在办公桌上杀得有滋有味。直杀得汤领导踱着方步进了办公室，他们仍然杀得人仰马翻难分难解。这时，好战的汤领导看着已不过瘾了，就挥刀上阵了。汤领导毕竟是带过兵打过仗的，文韬武略成竹在胸，几个大学生虽然懂得排列，懂得组合，但更懂得相对论，汤领导经过一番苦战，终于横扫千军所向披靡，大学生只好在"不是我无能，而是共军太狡猾"的讪笑中投诚缴械了。然而，他们痴心不改屡败屡战，无奈"共军确实太狡猾"了，总是没有胜利的日子。好在战场虽败，官场却常常得手，单位不多的几个科长主任，便被他们分光分尽。

　　汤领导走了以后来的是李领导。李领导喜欢下象棋，大家都抛弃了陆军棋而爱上了象棋。象棋难度大，还有人请了家庭教师，没事了就练习象棋。每一个科室都配备了象棋，得了空闲就摆开了战场。工会为了适应形势的需要，专门组织了几次象棋大赛，单位的奖金福利还和比赛的名次挂钩。一时间我们单位又掀起了象棋热潮，还很快普及到下属单位，李领导感到十分的高兴。令李领导更为高兴的是，无论象棋怎样的普及，冠军总是他的，那份最高的奖金也非他莫属。后来，单位调整班子时大家发现，李领导当了冠军，二领导三领导当二三名，进入名次的选手也都进入了班子或是进入了第二梯队。

李领导走了以后又来了一个王领导。王领导喜欢打麻将，我们大家又丢了象棋迷上了麻将。麻将是我们的国粹，难度自然是大了许多。工会顺应潮流开办了麻将娱乐室，暗暗请来高手搞培训。培训结束，我们单位就涌现出了一大批麻坛高手。有事没事，同志们就会围着王领导搓上几圈。遗憾的是技不如人，该和的牌总是和不了，不该和的王领导却频频和牌。自己浑圆的口袋干瘪了，领导的口袋就圆了。这时，单位空缺的科长主任位子都停在了"都赢"、"缺缺"、"清一色"的口子上，"二五八"将就有了自扣的机会，干瘪的口袋也到了该圆的时候。

王领导走了黄领导就来了。黄领导年轻有为德才兼备，兴趣爱好也十分广泛，爱好跳舞，爱好唱歌，爱好麻将爱好足球爱好游泳，而且更爱小姐白如雪，可我们仍然知难而进勇往直前。黄领导跳舞了我们就陪他跳舞，黄领导要唱歌了我们就陪他唱歌，黄领导侃足球了我们就说世界杯，黄领导需要小姐了我们就进娱乐城。那段日子真是幸福，我们不仅在单位玩得潇洒，而且我们单位的同志们在社会上也很风光。我们单位还涌现了许多的人才，一挨着搞"卡拉OK"大赛了，我们肯定是冠军，轮着舞蹈大赛了，我们绝对包揽前三名。我们单位涌现了这么多的人才，也引起了上级领导的重视，我们单位就有好多的同志就被提拔到其他单位去发挥爱好和专长了。因此，我们更加坚定了爱好领导的爱好的信心和决心。于是，领导爱好离婚了，我们也爱好离婚，领导爱好坐牢了，我们也跟着爱好坐牢。我们想，只要是领导的爱好，我们就继续爱好！

感觉越来越好

　　第一次收礼的时候，是别人送错了。那时候我的理想是当一个作家，整天抱着中外名著在家里吸收营养。这时，送礼的人就来了。来了就对我表示感谢什么的，弄得我不知道是怎么一回事。等我明白是怎么回事，送礼的人已经不见了，那只礼品王八就背着"刘局长"的牌子满屋子爬行，寻找新的生活基地。我把"刘局长"安排到我的胃里以后，我感觉到收礼的感觉很好，我就放弃了当作家的理想，我想寻找一份能收礼的工作，继续体验收礼的感觉。

　　那时电视还不普及，写一点小文章吹吹领导还有一点作用，我就写了一篇小文章又找报社的朋友把领导吹了吹，感觉领导就给我找了一份能收礼的工作。那份工作虽然很小也不是很好，可那收礼的滋味真的很好。虽然开始还有一点紧张，有时还有一点害怕，今天一只鸡，明天一只鸭，工资基本不用花的感觉太诱惑人了，诱惑得我每天都想品尝那美好的感觉。

　　这时我才发现我的那份工作太小也太不好了，它给我体验的机会太少了。这时我发现写一点小文章吹吹领导的事情已经不吃香了，我就把那些吃不完的鸡呀鸭呀送给了领导，让领导也体验体验那份美好的感觉。领导体验的感觉和我一样一定很好，很好的领导给我一份新工作。那份工作大一点也好一点，我收礼的机会就多了一点，送礼的档次也提高了一点，不仅有鸡有鸭有鱼，而且还有名烟名酒。我本来是不喝酒不抽烟的，为了解决同志们送礼不知送什么的困难，我不仅成了烟鬼也成了酒鬼，我天天享受着烟山酒海的美好滋味。

　　烟酒多了，保存就成了问题，我就觉得我的工作不好了。觉得工作不好了，我拿着我享用不了的烟酒又找到和我有一样爱好的领导，请他给我安排了一个好工作。领导在享受了那份美好的感觉后，我又有了一份好工作。好工作真的很好，求我办事的人也更多了，我收礼的机会也多了。收的礼有吃的喝的玩的乐的，也有电器首饰，还有红包什么的。妻子看到那么多的好东西，劝我少收一点，免得惹出什么麻烦。我就说不收礼也得罪人，不然大街上也不会有人说送礼都找不着门，骂我们领导是假正经。为了那些没有门路的朋友有门可送，我是来者不拒，我不但收了礼，我还落了一个好名声。只是我的体力劳动增加了，每次送礼的人走了，我都要去盘点那些礼物，盘点礼物会浪费我的体力影响我的休息，但一想到那些提着礼品找不到门的同志，我的辛苦就不算什么了。再说了，盘点礼品那美妙的感觉，我也不忍放弃。沉醉在美极了的感觉中，我想，该调整新工作了。想象着新的工作，我想新工作的感觉一定会越来越好。因此，我准备再去找我的老领导，请老领导给我安排一个新的工作。

我准备了礼品去找老领导，没想到老领导出事了。老领导出事了，接着我也出事了。出事了，我就有了一个新工作。新工作很苦，新工作也很累，苦一点累一点我都认为没有什么，不习惯的是没有人给我送礼了。没有人送礼感觉是非常痛苦的，痛苦得人夜里睡不着觉。睡不着觉了我就想起了年轻的时候，想起我年轻时的理想，想起我年轻时的专长。年轻时我想当作家，作家的专长就是想象。于是，睡不着的时候我就发挥我的专长，任凭我的思维去想象，我想象着我又有了新工作，又有了好多的人给我送礼了。现在送的礼不光是红包、烟酒，有股票，有美元，还有美女，日子真的是美极了。特别是那丰乳肥臀的金发女郎扑进我怀里的时候，美得我还笑出声来了，眼气得身边的狱头还美美地扇了我一巴掌。

狱头在扇了我一巴掌后，羡慕地问，又想收礼了吧？

我笑笑说，当然。

狱头又问，感觉怎么样？

我骄傲地说，感觉越来越好。

编故事

　　我是一个作家，好多的朋友知道我是因为我的小小说。我的小小说写得好，前几年我的名字经常在各种报刊上出现，常常有读者给我写信和我探讨小小说。因此，这两年没写了，就有读者写信或是打电话，问我怎么不写小小说了，我说我编故事去了。读者又问，编故事怎么不见你的作品，我说我编的故事不是为了发表，是为了领导。读者以为我又在玩幽默，因为我的作品以幽默见长，就笑笑算了，我也只好笑笑算了。

　　其实，我并不是玩幽默，我真的是编故事去了，也真的是为领导编故事去了。说白了，就是为领导吃美喝美而编故事。我说到这儿，可能还有朋友不懂，我就给你打个比方。比如说，上级领导来了，我们这个地方很穷，没有什么好东西招待领导。可我们这儿是林区，山上有的是珍稀动物，我们就上了一道珍稀动物。菜上来了，并不是每个领导都敢吃。那么，怎么让领导高兴地吃下去，就得编一个故事。我呢，就是干这个的。

　　我干这行纯属偶然。记得去年冬季的一天，我到公安局去找一个同学，同学正好和他们局长一块去陪省厅的领导，同学就拉着我一起去。局长要向省里领导要钱盖办公楼，特意点了一道清炖熊掌。熊掌上上来，省里领导大发脾气，说熊是国家二级保护动物，他不能吃，弄得大家都很尴尬。我看见领导虽然大发脾气，眼睛却看着那只熊掌，我就急忙接过话头，说：领导的原则性太强了。其实这件事怨不得我们局长。省里领导说：不怨他怨谁？我情急中就编了一个故事。我说我居住的村子有一片原始森林，林子里有许多黑熊。去年冬天下了一场大雪，一只黑熊不小心从山崖掉下来摔死了，村里的老百姓把黑熊上交给林业局。林业局请示林业厅后处理的时候，我们局长特意买了两只，一只今天做给各位领导尝尝，一只留着给您带回家，让家人尝尝。我的故事虽然编得并不完美，可领导听后却很高兴，不仅带头吃完了这个二级保护动物，还高兴地拿走了另外的那只熊掌。局长呢，当然也得到了自己需要的东西。

因为这事，第二天省扶贫办来人，县扶贫办招待，扶贫办领导又把我找去编故事。扶贫办上的是红焖羚羊，那可是国家一级保护动物，领导说什么也不敢吃。我呢，发挥专长又给他编了一个故事。我说我们那个村子是高寒村，我们村上有一个姓张的老人住在海拔一千五百米的一个山上。多年来他一直想搬到山下住，可一直没有机会。今年在扶贫办领导的支持下，终于实现了自己多年的梦想。为了感谢扶贫办的领导，老人就把自己饲养了十年的羚羊杀了。为了这，那位老人还坐了牢。可这东西又不能浪费了，现在我们领导为了感谢您变废为宝，您不吃怎么对得起那位老人的心。领导听了我的故事，不仅满怀感动地吃了，还特意去看望了那位"姓张的老人"。

有了这两个故事，我一下就出名了，比我写小说的名气大多了，哪个单位有接待任务了都要找我。后来呢，县上领导也知人善任，把我调到接待局专门负责接待工作。这么一来，我的名气更大了，省里、市里都知道某某县有个某某人会编故事，几个单位都抢着要我。你说，我还写小说干吗？

画　殇

当他知道儿子那么醉心于绘画后，他就后悔自己当初不该留下那支画笔。

他本来是个画家，一个不知名的画家。为了自己心爱的绘画艺术，他把自己的精力和财力全部集中到读万卷书行万里路上。他背负着妻子的希望，行走在名山大川之间。他在山水之间寻觅到了一个个灵感，他在山水之间也创作出一幅幅的作品。看着那一幅幅饱蘸着自己心血的作品，朋友们都惊叹他的才华。于是，他又借了一笔钱，计划在省城最负盛名的"美术家画廊"搞一次个人展。想象着画展热闹的场面和美术界的赞誉，他情不自禁地流下了泪水。

可是，观看画展的人虽然很多，美术界却是一片喑哑，新闻界也是熟视无睹，只有几家不起眼的小报在不起眼的地方发了一百余字的简讯。

他知道什么原因，但他不忍心告诉妻子什么原因。不明真相的妻子呢，又不能承受他失败的打击，撇下嗷嗷待哺的儿子弃他而去了。妻子走了，他一把火烧毁了那些饱蘸着他心血的作品，带着一支画笔跳下了海。

海水虽然凶险苦涩，经历了那场风波后，他感觉游刃有余。得了空闲，他仍然不忘自己的画家梦。常常拿着干枯的画笔在手里把玩着，就是不着油彩。后来，儿子大了，他就莫名其妙地教起了儿子。真不愧是他的儿子，儿子竟然也有绘画的天赋，手握画笔信笔涂抹，竟然有款有形。看到儿子具有这份天赋后，他不再指导儿子，任他信笔涂鸦求得自乐，他不想儿子再当什么画家。

令他没有想到的是儿子竟然有绘画的天才，即使没有老师指导，儿子也画得十分的出色。看着儿子的画作，他几欲要求儿子不要画了。等儿子伸手要钱买油彩时，他又不忍拒绝。儿子没人管教，就十分听话，学习、生活没有让他费半点心思。纵然自己现在富甲一方，除了画画买油彩，儿子也不乱花他的一分钱。儿子的画技像野地里的蒿草恣意成长。他就看到儿子领回来的各种各样的证书。看着那一摞摞的证书，他严肃地告诉儿子："把绘画作为一种爱好可以，绝不能把它作为事业。"儿子说："我画画只是为了玩。"

儿子嘴里虽然这么说着，但儿子的心里已经把绘画当做了自己的理想。因此，高中毕业报考大学的时候，儿子和他发生了激烈的冲突。他要求儿子报美术学院以外的任何一个学校，学习企业管理，儿子却坚决要考美术学校搞美术。后来他利用一切手段使儿子屈服了他，可高考时儿子的文化课却是一塌糊涂，只有美术专业得了高分。儿子如愿以偿进了美术学院。

儿子进了美术学院，他依然是耿耿于怀。他找到儿子，要求给儿子转学。凭着他手里拥有的资产，他可以把儿子转到省里任何一所大学。儿子说什么也不答应。儿子说，我觉得搞艺术是最高尚的，神圣、纯洁，受人尊敬。看着儿子那坚毅的眼光，他违心地说，儿子你不具备那份才能。再说，做一个成功的商人也同样受人尊敬。儿子张开嘴想说什么，却闭上了嘴。他知道儿子想说什么，因为美院的教授不止一次地赞美过儿子的天赋。他告诉儿子："儿子，我知道你想说你有这方面的天才，我也不跟你争。我现在给你在美术家画廊搞一次个展，如果你的画展得到了专家的认可，哪怕就是一星半点的赞誉，我就同意你学画。如果被否定，你就转学。"也许是儿子理解了他的苦心，也许是儿子想证实自己的能力，儿子答应了。

三个月后，儿子的画展终于开展了。由于他提前在各大报刊刊登了广告，来参观展览的人很多，美术界也来了许多的高人，就连具有国际声望的油画大师黄先生也来了。当他陪着黄先生走进画廊的时候，他发现儿子眼里不仅有着一份感激，也有着一份恐慌。因为谁都知道，如果有谁能得到黄先生的肯定，谁无疑就是一举成名。他知道儿子虽然不期望一举成名，可黄先生的指导一定使他受益终生。他挥手招来儿子，让儿子和自己一起陪着黄先生参观画展。

黄先生虽然仔细参观了画展，黄先生一句话没说。当那些记者问及他的观感时，黄先生也未置一词。因为黄先生未置一词，参观画展的记者很多，可所有的媒体都没有任何消息。就连儿子的教授应报社约稿精心撰写的评论文章，也被报社退了回来。他看到儿子那痛苦的神情，他真想成全儿子的追求，可一想到黄先生，他一咬牙就走了。来到黄先生的家，他把已准备好的两万块钱递了过去。黄老师接过钱掂了掂，一笑，说："你儿子也许真是一个天才呢？"

他一笑，说："天才又能咋的？"

黄先生笑说："艺术家终究比一个商人更有价值，更受人尊敬。"

他又一笑，说，"二十年前，你因为我没有给您封红包，毁掉了一个天才。二十年后的今天，你又因区区两万元钱，又扼杀了一个天才。你还能说艺术家有价值吗？任何一个成功的商人，绝不会因为这一点小钱，出卖自己的良心。"

说罢，他转身就走了。走出门外，他意外地看见了满眼泪水的儿子。他想，儿子一定听到了他们的对话，他不知如何是好。这时，儿子却擦去泪说：

"走吧，我再不画画了。"

听了儿子的话，"刷"的一下，他也是泪流满面。

刘三进城

　　刘三是我的侄子，又是我的学生。自小就十分调皮，从来不把心事放在学习上，整天只想着怎么进城怎么过城里的好日子。于是，我就告诉他，要想到城里去过那好日子，你现在就得好好学习，将来考上大学了，你才能进城。他看了看我又笑了笑，说，那你当时考上大学了怎么不进城，人家老许他们家里的孩子没有一个上大学的，一个一个都进了城。说完，他就瞪着眼睛看着我等待我回答，我呢，却瞪着眼睛看着他一句话也说不出来。

　　既然顶赢了我，刘三就更不好好学了。等到他明白过来已经迟了，受完了九年义务教育他就回了家，整天袖着手满村子转悠。我担心他转悠坏了，就把自己准备活动进城的经费借给他，让他买了一辆"飞毛腿"的农用车去跑运输。我想，一年半载还了钱，他就有了一条挣钱的门路。半年过去后刘三又找到我，我以为他是来还钱呢，没想到他又来借钱。原来，农村的活本来就少，车辆负担的税费又重，他跑了半年的车，不仅没有挣下钱，反而落下了一屁股的账。我替他还了账，就劝他进城，城里我的同学有的在搞建筑，找一点活挣几个小钱是不成问题的。末了，我又说，反正你早就想进城了，这也是进城的一条路子。

　　就这样，刘三进了城。刘三虽然进了城，可他还是三天两头回来找我，因为刘三的车三天两头就被人扣了，不是交警，就是城管，就连工商也要找个机会抠他几个钱。每次扣了车，他就回来找我让我想办法。我三天两头进城帮他想办法，也帮他交罚款，一个月下来，他又赔了几百块。看到他目前的这个现状，我说，不行了就回去种地，看来不上大学这城里还是难混。刘三一笑，说，我现在已经摸出了窍门，我还是在城里混吧。

也许刘三真的摸到了什么窍门，以后真的没有找我。刘三不找我了，我又很担心起他了，我担心他在城里学坏。况且，他还借了我几千块钱呢。我就打电话问我城里的同学。同学说，你还不知道哇，刘三早把车卖了，进交警队了。我急忙问，怎么可能呢，他怎么能进交警队？同学也说不清楚，我只好连夜赶到城里，我担心他在城里惹了什么祸。可我刚一下车，我就发现了刘三，他穿着一身警服冲着几个农用车车主高声地吼叫着。我急忙走过去拦住他，问他怎么会是这样。

原来，刘三利用罚款的机会和交警队的队长熟悉了，凭着他那点小机灵慢慢地又和队长拉上了关系。有了这层关系，刘三的车呢就没有人再罚了。没有人罚款了，刘三就挣了一点钱。刘三有了钱，自然不会忘记那队长的好处，时不时地就买一点东西去孝敬孝敬队长，再帮队长干一些家务。一来二去的，刘三就和队长成了铁哥们儿。于是，队长就想办法弄了一个合同工指标，把他弄进了交警队。我一听，感到很奇怪，说："怎么可能，堂堂执法机关怎么还要合同工？"刘三说："你太老外了，我们交警队有三分之一是合同工，好多还转了正。我们队长说了，等过几天给我买一个户口，再招一个工，就把我正式调进交警队。"我知道现在好多的大学毕业生都无法安排，更何况是一个普通的打工仔，就说："这不过是你们队长哄你玩的，你还是踏踏实实挣一点钱吧。"刘三笑了笑，说："你不知道我们队长牛皮得很，他没有必要哄我。当然，挣钱是第一，现在比跑车强多了。不过，借你的钱我准备买户口，等过了这一阵子再还你。"我看了看刘三，知道再说什么也没有用，等到他撞到南墙之后就会回头的。

不久，刘三就回来了。刘三并没有撞上南墙，而是真正地调进了交警队。当刘三把他的调动文件摆在我面前时，我怎么也不相信这是真的。当我明白这是真的以后，我的自尊受到了极大的伤害，就问刘三："你这花了多少钱？"刘三一笑，说："不多，才两万。"我又问："两万还少？"刘三一笑，说："比上大学便宜吧，上大学至少得四万。四万还不包分配，分配了也不过是那一个偏远的乡下。"刘三说罢，意气风发地走了，撇下我站在那里不知说什么好。

永
远
的
隔
壁

刁 民

老汤还没有上任就听说古槐乡不但乡穷，乡民还刁。领导说已有三位乡长被村民告翻了，让他上任后注意工作方法。

乡穷，乡长的名号还是挺诱人，老汤心里还是蛮高兴的。至于刁嘛，他说他不仅喜欢当乡长，他主要是想干事。当官干好事，怕他刁甚？领导笑笑说，想法很好，干起来很难。

真的很难。不难的话，山上不会是这个样子。树木砍光了，药材挖空了，山石间的圪崂也被抠出来种成了庄稼了。而庄稼贱得不如让地长草，长草还可以领一份口粮。可人们还在不住地种，种得树没了，草没了，种得河水成了老碗粗的一股股，种得房后的山坡裂开一道道缝隙，仍然是填了缝隙继续种。

不种地又干什么呢？劳动惯了，一天不种地，手发痒，三天不种地，腰就痛，要是十天半月不种地，啥毛病都出来了。力气嘛，是用了来，来了又用。闲着也是闲着，便宜贵贱不算那账。

可老汤要算账。老汤把账算得明明白白。账算明白了，他就劝农民种药材，他说种一年药材胜过种三年粮。农民听了他的话，"嘿嘿"一笑后低下头去吸烟。老汤以为农民都听进去了，老汤又开始算账，直算得他口干舌燥嗓子眼儿冒烟，会场上才清静了。

汤乡长，你莫不是想卖苗子吧？有人甩过一句话来。

苗子已经定好了，本地苗子产量低。老汤说。

怪不得你把账算得怎精，你心里还有一本账吧？那一年搞白果，王乡长每株苗子赚五块不说，还是野生苗子。末了检察院插手了，王乡长生生是把钱退给贩子都不给我们。那人又说。

这次是定单农业，苗子他提供，产品他回收，我们见了效益再给苗子钱。老汤急忙解释。

你说的比唱的都好听，那一年卖核桃苗子也是这样说。后来核桃我们没见一个，贷款都翻了十倍。气得我们去找原来的乡长，乡长却到外地当副县长去了，我们咬掉了舌头往肚子里咽。

我给你们担保，绝不存在问题。老汤说。

今天你说担保，明天你就可能去外乡当书记，后天你去当局长、县长，我们哪里找你？

就是呀，你今天种二花，明天胡乡长种花椒，后天柴乡长来了要种大棚菜，弄得我们钱没挣着反而落下一勾子账。

……

不等他张嘴，农民的话像砖头一样甩过来砸得他心痛。他知道农民说的都是实情，他无力分辩，他恨不得把自己的心掏出来让他们看，可他们不看，三三两两地走了，独剩他坐在那儿吸溜着牙。

后来，他又做了很多的工作，农民们仍然不买他的账。他就沿用了别人的办法摊派到户。

这时老汤才发现这里的农民真的很刁，他的办法不仅没行通，却惹得农民到处告状。上级党委、政府、人大、政协及新闻媒体，到处都有告他的材料，把一个一文不名的乡长立马告得声名远扬了，县里一纸公文把老汤撸了。他呢，虽然有一肚子的气也做声不得，只好去找会计领了工资准备走人。

可就在老汤准备走人的时候，天下起了大雨。雨铺天盖地来势凶猛，接着县里的电话也来了，要求乡领导做好防汛工作。书记学习去了，新乡长没有到位，几个副领导都没在家，老汤只好卸了行李抓防汛。老汤上任虽然只有四个月，可乡里的情况他都熟悉。他凭着乡长的余威，把干部派到村，自己就去了二里坡。二里坡是一个过度开荒后形成的滑坡体，坡上住了四五户人家，乡里早就想搬迁，就是没钱，一下雨就成了一个隐患。

老汤赶到二里坡时，雨越下越大，河水已经暴涨，裸露的山坡上不时有飞石滚落，老汤要求群众尽快搬迁。破家值千金，谁也不愿意离开，雨越下越大，无奈的老汤只好组织村干部强行搬迁。眼见搬完了，最后一户老汉说什么也不愿搬。老汉的家破得真不叫家。可破家也是家呀，老汉说什么也不搬。老汉说，我搬出去了，谁给我盖房子？老汤说，政府给你盖。老汉说，你调走了说话不算数。老汤看看天，又看看老人，情急之下掏出自己刚领的工资，说，这东西该算数吧？老汉有了钱，就跟老汤走了。也就在他们刚搬出二里坡，泥石流就来了，老汉的房子刹那间也变成了一股浊流。疲惫的老汤见了，身子一歪，也晕了过去。

老汤醒来，已是两天之后了。雨住了，天晴了，醒来的老汤睁开眼就看见了那倔犟的老汉。

汤乡长，我们把二花栽了。老汉搓搓手说。

想通了？老汤笑着问。

啥想通了，乡里乡亲都说你是好人，我们就是赔钱也要栽，不然就对不起你的一片好心。老汉喃喃地说。

老汤听了老汉的话，泪水"刷"地就流了出来。他想，这哪里是刁民，只要你真心给他们办事，他恨不能把心都让你吃了。

告　状

大王准备告状。

大王是在领导三番五次拒绝把他儿子安排在他们单位后，才决定告状的。

大王的儿子是电大生，电大生和统招生今年都是不包分配的，况且单位都超了编，大王还想把儿子安插进单位，领导自然是不答应。不答应了大王就准备给领导送礼，领导不收，后来大王就威胁领导，领导还是不答应。领导是个好领导，好领导都很讲原则，大王没有别的办法。实在没办法了，大王就准备告状。大王想，把那软硬不吃的好领导告走了，换成坏领导，那时让他再腐败一次，啥原则都没有了，事情就能办了。

大王告状很不忍心，为了儿子的锦绣前程他还是昧着良心告。告什么呢？他想还是告一些小事吧。大凡好领导上面都没有后台，一件小事就可以把他弄走。再说，领导是个好领导。好领导倒台是一件很可惜的事，他不想把领导弄倒，他只想让好领导给坏领导让一条路，好给自己办一件事情。他还想，等事情办好了，好领导又会回来领导自己的。

大王想法很好。可是，事情办得不好。那些无关痛痒的事情告上去后，也没见谁来调查，大王急了，他不相信好领导上面还有那么多的好人缘儿保他，大王又准备材料又准备告。这次，大王把事实扩大了一倍，他想，事情小了是告不走的。

大王这次还是没把事情办成。上级倒是派人来了，来人也查了领导的事情，都是编的。领导屁事都没有。大王没有办法了，他就把事情翻两番，铺天盖地地告。他知道这样可能把好领导弄翻，可他管不了这么多了，好领导不走，坏领导就不得来，不来坏领导，他这不符合政策的事就办不成。这会儿，大王觉得坏领导还是挺可爱的，可爱的坏领导收了礼就可以不要原则乱办事。好在大王以前写过小说，联想十分丰富，这次就把状子写得很厉害。他想，这状子就是市长，我也能把他扳倒。

这份材料的威力真的很大，而且又是遍地开花到处投放。材料寄出不久，省调查组来了，市调查组来了，县调查组也来了，就连有关记者也纷纷涌来采访。大王心里虽然觉得挺对不起领导，可为了儿子的前程，他还是准备牺牲领导的名声。于是，每每看到进进出出的领导和记者，他心里就高兴得想笑，他想领导这次走定了。不走也让自己搅走了。偶尔，大王也想，说不定领导也许真的做了许多坏事我们不知道呢？那时，我大王就成了反贪英雄。大王想到这儿，情不自禁地笑了，笑得很是得意。

大王的状子真的起了作用，领导被调走了。上级查出那个领导是个好领导后，领导被调到县里当了副县长。领导提拔了，大王听说后，心里的那个高兴呀，真是没法说。

好领导有了好报，单位来了新领导，那事就好办了。因此，大王就买了重重的礼品去给新领导送礼。几次三番三番几次，新领导总是不收，而且也不给他办事。大王气急了，气急了的大王又去威胁新领导，新领导还是不答应。大王才明白这新领导是好领导提拔的，好领导提拔的领导也多半是好领导。大王更觉得好领导真的不好了。好领导确实没有坏领导好，坏领导收了钱就能办事，好领导不行。于是，他心里就再也没有好领导了，满世界都是坏领导，是坏领导大王就起劲儿告，满世界地告，有事没事他都告。末了，大王成了一个告状专业户了。成了告状专业户的大王常常说："世上没有好领导，是好领导我也要把他告成坏领导！"

扶　贫

　　扶贫工作队要给金盆村建一所学校的消息传开后，村长王三拐子激动不已。他想自己在任期间办上一所学校，再盖一座教学楼，娃娃念书不用到外村受那份洋罪事小，日后再出上几个人才，那才是一件功德无量的事情呢。

　　金盆村是个自然村，三四十户人家被甩在倒流河一个野吊的山洼里。村小，又穷，办不起一所学校，二十几个娃娃年年读书都是到十里以外的金河村。路远不说，还很危险，一挨下雨下雪的天气，那学就没法上了。年年都有娃娃上学，年年没有一个娃娃念出个名堂。

　　娃娃念不出个名堂了，村里人建学校的希望更加急切了。一所学校少说也得花上一万两万的，哪里有闲钱？建学校的希望就一直拖着，直拖到前年五保户王跛子死了，村里得了两间石板房，村长到乡里要了一名老师，才办起了一所学校，娃娃才不用受罪到外村上学了。

　　没想到学校刚开办，市里的扶贫工作队就来了，还说无偿给他们盖一所学校，要盖成青砖红瓦玻璃窗子的洋房子学校。村里人听说了，都急急地回去，忙着杀鸡，忙着宰羊，家家户户搞比赛一般招待扶贫工作队，即将建成的洋学校就在饭桌子上说得更为详尽细致了。

　　扶贫工作队工作做得很深入，忙着搞设计，急着搞规划。村民们见了，就围着村长找道士选地基。金盆村的土地本来就金贵，但是为了盖学校，村民一致同意把最好的地让出来。村长选好了地基，工作队也画好了图纸。只要钱一到手就可以立马动工了。于是，扶贫工作队准备回单位弄钱。走的时候村长王三拐子自己掏钱买了好多野物给工作队，村民们还自发地送上了好多土特产，他们说工作队给我们盖洋房子的学校呢，我们岂能让人家空手回去。

　　工作队很快就回来了，回来给他们带了很大数额的存款折子和几个扛着机器的记者。工作队说是记者要录像，让村民把村里的人都喊出来，村长就举着那个存折满村子吆喝。满村子的大人娃娃都来了，村长觉得还不过瘾，又急着去把瘫了十年的老娘也背来了。村里人都来了，工作队的队长就把写了"10000 元"的折子交给了村长。性急的村长接过折子，就吆喝着跳进选好的地基，把那棵古树砍了，把那快熟的庄稼也割了，就连刚栽上的菜也给拔了。他说，盖学校是千百年的大事呢，可不能耽误了工期，影响了娃娃的前程。

　　该给的给了，该做的也做了，记者还拍下了许多意想不到的好镜头，可是回头再看那两间破旧的石板房学校时，记者觉得很惋惜，说："要是盖新的把旧的一拆，再拍一组镜头，岂不更好？"村民们听了，看看村长手里的折子，就一涌而上把那旧房子也拆了。他们想，新房子很快就会盖起来的，拆了怕甚。

　　遗憾的是旧房子拆了，新房却始终没有盖。扶贫工作队的那张巨大数额的存折是个没用的东西。不仅乡里取不来钱，县里也取不来钱，市里扶贫工作队单位也取不来钱。两间石板房的老学校拆了，青砖红瓦玻璃窗子的洋房子也成了泡影。这时，乡上上报的报表里金盆村已脱贫了，扶贫工作队再也不来了，而金盆村的娃娃再次上学的时候，依然是到十里以外的金河村。路远不说，还很危险，年年都有娃娃上学，年年都没得一个娃娃念出名堂。

永
远
的
隔
壁

狗日的村长

那时，村长还是一个好村长。

村长看到连绵阴雨不停地下着，他心里就有了一种要出事的预感。村长是一个老村长了，老村长的预感常常会得到应验。果然，在连绵阴雨下到第七天的黄昏，老彭家的房倒了。村长看了一眼倒塌了的房子，只好把老彭一家安排到自己家中。村长想老彭一家的损失不小呢，村里可担待不起，村长想，这事只好去找乡长了。于是，村长就连夜赶到乡政府，把乡长找来了。

老彭家房子倒了，老彭一家子都住在村长家里，村长陪着乡长看了老彭家的破房子后，就把乡长领到自己的家中。村长和乡长是老熟人了，村长知道乡长喜欢吃鸡，喜欢吃王八，喜欢喝啤酒，也知道乡长只有在吃好喝好的时候才好说话。村长是有经验的。村长本来是想让老彭去买鸡，买王八，去买啤酒，可他看老彭一家在自己家里的凄惶样，只好自己掏钱去买鸡，买王八，去买啤酒。村长想，等到乡长给了老彭钱，让老彭掏出来就得了。村长想得美，村长在酒桌上把乡长也招待得美，乡长就吃得美喝得美了。乡长吃美喝美了，村长依据以往的经验，就说了老彭家盖房需要救济金的事。乡长到底有经验，乡长不待村长把话说完就掏出二百块钱递给老彭，说："这是我个人的一点意思。"村长一看急了，他不能让乡长这二百块钱打发了。连忙说："乡长，咋能让您掏钱呢？"乡长打一个酒嗝，说："我是乡长，我咋能不掏钱呢？"村长连忙又说："我的意思是想要一笔救济款呢。"乡长又打了一个酒嗝，说："我知道，可乡上的救济款早没了。老彭家的事要的钱多，我到县上给争取，县上一定会解决。"

村长知道乡上困难，乡长好久都没在乡政府喝酒了，村长只好放走了乡长。好在乡长说话算数，不几天就找来了县上领导。

　　老彭家的房子倒了，老彭一家子都住在村长家里，村长陪着县上领导看完了老彭家的破房子，就把领导领到自己家中。村长接待过很多县上的领导，村长知道县上领导也喜欢吃鸡，吃王八，喝啤酒，也知道县上领导只在吃好喝好的时候才好说话。村长是有经验的。村长本来是想让老彭去买鸡，买王八，去买啤酒，可他看老彭一家在自己家里的凄惶样，只好自己掏钱去买鸡，买王八，去买啤酒。村长想，待到县上给了老彭钱了，让老彭掏出来就是了。村长想得美，村长在酒桌上把县上领导也招待得美，领导也就吃得美喝得美。吃美喝美了，村长就依照以往的经验，就说了老彭家要盖房子要求救济金的事。领导到底是有经验，领导不等村长说完，就掏出了五百块钱递给老彭，说："这是我个人的一点意思。"村长一看急了，他可不想让这五百块钱给哄了，连忙说："咋能让领导掏钱呢？"领导打了一个酒嗝说："我是领导，我咋能不掏钱呢？"村长连忙又说："我的意思是要点救济款子呢。"领导又打了一个酒嗝，说："我知道，你知道县上也很紧张，我回去多方争取，保证很快解决。"

　　村长知道县上紧张，当干部的女儿两个月都没发工资了。他还知道县上的部门多领导多，不像乡政府一样一个人说了算。村长就放走了领导。村长放走了领导，村长就开始盼望领导。盼望领导赶快争取资金，赶快解决问题。村长想，要尽快解决老彭的房子让他搬出去了，不然狗日的女人就会骂自己狗日的了。

　　村长在盼望着领导再次到来的时候，领导始终没来，村长心里就有点急了。村长是有一些经验的，他就去找乡长，又上去找那喝酒吃王八的领导。乡长忙，县里的领导更忙，村长很难碰上领导。好容易碰上领导，领导说还没研究好，就把他打发了，再也找不着了。村长急了，就去找乡长，找得多了，乡长也不见了。村长明白了，他们躲了。

　　领导躲了，乡长也躲了，女人是躲不脱的，村长天天都挨女人的骂。村长没别的办法，老彭家的房子还得盖，村长就发动村民出工砌房基、垒墙、砍檩子、砍椽子，然后又集资买瓦。村民一边骂着村长狗日的，一边帮着老彭盖房子。老彭的房子就在狗日的村长的骂声中盖起来了。村长看着自己用骂声换来的三间新瓦房，心想狗日的老彭说不定咋样感激我呢。村长想到了这儿，就捏着条子去找老彭。

"叫我掏钱，我可没叫他们吃鸡吃王八喝啤酒。"狗日的老彭不等村长说完就喊开了。

"我让吃的，我可是为你要钱请的客呀！"村长急忙说。

"你要的钱呢？钱没要来还要来报销！"老彭说罢，村长干咳了一声却说不出话来。

"要的钱自己用了，还问我要酒钱，当了婊子还想立牌坊。"狗日的老彭骂了村长一声，就走了。

"我给你要了七百呢。"村长急了，低声说。

"就是呀，乡长个人给了二百，乡政府能不给钱？县领导个人给了五百，县上能不给？乡上县上给的钱呢，谁说得清？"

狗日的老彭说罢，那些干活的村民都"狗日"起来了，听着那一句句愤怒的"狗日"声，村长觉得自己真的是狗日的了。气急了的村长就跟着大声骂了一句：

"狗日的，狗日的村长！"

永
远
的
隔
壁

开 会

  甲领导一进办公室，心里就有一件事堵得慌。什么事呢？甲领导也说不清，反正是有事。甲领导就坐在老板桌前抓耳挠腮，怎么也想不起来有什么事。想不起来的甲领导就泡了一杯浓茶，又点燃了一支烟，细细地想，还是想不起来。于是，甲领导想，也许真的没事。没事了就好，甲领导喝罢了水抽罢了烟，就想去看看报纸了解了解国家大事，可报纸翻来覆去他就是看不进去，心里仍然堵得慌，甲领导就觉得真的有事。甲领导觉得有事又想不起来啥事，甲领导就叫来罗秘书，问今天有什么事情没有，末了，还翻了翻记事本，又查了许久，还是没有查出什么事情。甲领导的脸就变了，变了脸的领导紧接着就是电闪雷鸣了。罗秘书知道甲领导的这个特性，罗秘书也终于明白了甲领导的心思，罗秘书就说：

  "是不是该开会了？"

  "哟，真的，是该开会了，我怎么就把这事忘了呢。"

  甲领导说罢，就笑笑让秘书走了，他要想召开什么会。开什么会呢？甲领导又坐在老板桌前一边抽烟一边喝茶一边想，直想得抽完了一包烟，喝完了两壶水，抠掉一缕黑头发，他还是没有想出开什么会。开什么会呢？该开的都开了，不该开的也开了，一年十二个月把九个月都用来开会了，哪还有会开呢？甲领导想不起来该开什么会。想不起来的甲领导就觉得问题很严重了，试想，一年十二个月已经开了九个月的会了，还有三个月没有会开，那三个月该干什么呢，总不能让同志们都失业吧？

  甲领导发现了问题的严重性，但仍然想象不出来该召开什么会议，甲领导就找了乙领导。乙领导也想了许久，也想不出来该开什么会。开什么会呢？什么会都开了。什么会都开了，那剩下的三个月干什么呢？他们

147

想象不出来，想不出来了他们又找来丙领导。丙领导来了，丙领导又想了许久，还是想不出来。该开的不该开的会都开了，还开什么会呢？丙领导还是想象不出来。丙领导想不出来，又找来丁领导，丁领导想不出来了又找来戊领导，后来干脆开起了班子会，又讨论了三天三夜，仍然没有讨论出该开什么会。他们没有想出该开什么会，本来就很着急，没想到上级领导又来电话催了，问最近怎么不开会了，电视报纸也不报道。你们可是开会先进单位呀，领导们就更着急了，着急的领导们火没处发了，就一个个冲着罗秘书吼。罗秘书也没法子，罗秘书还等着领导定调子好给领导写讲话，没想到领导没想出开会的理由，自己倒成了领导的出气筒子，罗秘书就恶作剧地说：

"不如召开一个征集会议议题的大会，广泛开展征求会议议题的活动。"

秘书说罢，就后悔万分。他想，这又该挨批了，说不定领导还要扣他这个月的会议奖金。没想到领导听了却十分高兴，甲领导带头鼓起了掌，后面的领导也跟着鼓起了掌，掌声热烈得差一点把楼顶子都掀翻了。

甲领导说："你这个议题好，解决了目前的燃眉之急。"

乙领导说："你这个议题富有创意，围绕这个活动我们至少可以开好五个以上的会，比如动员会，各个阶段的转战会，经验交流会，还有一个表彰会，够我们忙乎一段时间了。"

丙领导说："你这个议题创意深刻，围绕这个活动我们不仅可以开好一连串的几个会，我们还可以征集到更多的开会议题，不仅可以超额完成今年的开会任务，而且在新的世纪实现会议工作开门红。"

嗣后，"征求会议议题"的群众活动就轰轰烈烈地开展起来了。不到十天时间，征集到的会议议题数以万计，他们不仅保证了后三个月的会议议题，而且还编制了十五年的会议发展工作规划，他们决心要使自己的会议水平在二十一世纪赶超世界先进水平。而罗秘书呢，也因为一个精辟的点子被提拔为领导了，也更加热情、更加积极地忙着召开或者参加各种会议了。

局长住过的房子

　　罗甲这几年挣了几个钱，张口说话就打人，不知道自己姓甚名谁了。其实，他挣的钱并不多，只不过十来万。但他俨然是比尔·盖茨的孙子，花起钱来大手大脚不管不顾。别的不说，就说他买房子的事情吧，让人看了就不能理解。

　　他买的房子是税务局王局长的。王局长的那套房子才住了三个月，又换了大套，就打算把原来的房子卖了。王局长心特黑，买那套房子才花了五万，转手一卖就要十万，比他买的那个大套还贵四万。别人都以为他那套房子没人买呢，没想到要买的人还挺多，价格像是刚出土的禾苗——见风长。后来几经周折，终于被罗甲买来了。罗甲花了十五万，生生是让王局长赚了十万。人们都骂罗甲是疯子，妻子还闹着要和他离婚，可罗甲好像是捡了块金元宝似的高兴得不得了。亲戚朋友以为罗甲有什么想法，有的说王局长是税务局长，罗甲八成想进税务局捞个肥缺挣几个黑心钱。可罗甲除了买房时见过王局长外，再没找过他。有人说，罗甲定是受某个企业之托给王局长行贿，可罗甲与任何企业都没有瓜葛。猜来猜去，该猜的都猜到了，不该猜的也都猜到了，似乎都像，似乎也都不像。谁也说不清罗甲葫芦卖的是什么药。本想上门去问问，一想他当初有钱时那个张狂劲儿，又担心他穷得过不下去了时来找自己借钱，都躲在家懒得去答理他。而罗甲也没有以往爱跑爱跳爱显摆的特点了，也躲在屋里哪里也不去，各自落得清闲自在。

　　只是这清闲自在的日子过得不久，亲戚朋友的心里就有了一个疙瘩，也有些不舒服。他们心里就生出了一个希望，盼望着罗甲能出一个笑话，出一个能做反面教材的笑话。先是巴望着他离婚，因为他漂亮的妻子还闹过几天。可闹是闹了几天，几天之后不闹了不说，反而比以前过得更好更亲密。后来是希望他们家日子穷得过不下去，账主子追得满天飞。可是，这个希望还是落空了，罗甲的日子越过越好，两口子穿的是名牌，吃的是山珍海味，抽的是"中华"，喝的是"五粮液"、"茅台"，出入坐的是"桑塔纳"、"奥迪"。眼看日子过好了，又希望他出车祸希望他得病，该想的想到了，不该想的也想到了，都没出事。反面教材依然不见出现，倒是好多人都去和罗甲套上了近乎，亲戚朋友感到有些失望。失望之余，才觉得亲戚朋友中有个有钱的是一件很光彩的事。

于是，亲戚朋友又恢复了来往，围坐在罗甲屋里，喝着他的酒，抽他的烟，想问问他挣钱的门路拾几个镚子儿。可罗甲不说，只是一个劲儿劝酒。不劝酒不发烟了，罗甲就忙着去开门，门开了就有说话的声音，是挨着门里边的房里传来的。没了声音，客人就走了，罗甲的脸上就有了喜色，亲戚朋友就给罗甲敬酒，给他发烟。酒劲儿抵不住烟催，罗甲很快就醉了。罗甲醉了，罗甲就竹筒倒豆子般把挣钱的路子说了。

原来，罗甲掏大价钱买王局长的房子，是因为自己长得像王局长。王局长搬走了，他住了王局长的房子，不知道的人以为他就是王局长。不知情的给王局长送礼，假"王局长"就收了。局长是假的，礼却是真的。买房子不到三个月，他就把买房子的钱收回来了。末了，他说，我有了这门子生意了，我还做生意干吗？

亲戚朋友听了他的话，都高兴地笑了，都急着回家照镜子，看看自己像哪个领导。可惜哪个领导都不像，不像就挣不来这个钱，也挣不到领导的享受，又都想起好运气的罗甲，想到罗甲那继续享受局长该有的待遇。

可惜，这次享受不上了，罗甲搬走了。因为王局长心太黑，让人忍无可忍了，罗甲居住的房子别人以为还是王局长的房子，就放了一把火烧了，把家产全部烧完了不算，别人还扬言杀王局长，罗甲吓得跑了，谁也不知道他在哪里。后来吧，后来真王局长也吓跑了。王局长住过的大套小套至今都是空的，真的假的都不敢回家。

永远的隔壁

考 察

　　县委组织部一连接到近百封群众来信，为三岔乡乡长张三请功。组织部严部长看后，十分惊喜。严部长是个老组织，群众来信来访上告书记乡长的事他见得多了，而且每次都是不告倒誓不罢休。偶尔有一两封称赞乡长书记的，只不过是一时一事，多半还是乡长书记自己授意的，他平时看都不看。而关于张三的信就不同了，信多、面广，言语十分诚恳，自然不可能是他组织的。况且，信中反复称道的成绩，他也偶有耳闻，也多次受到上级表彰。于是，严部长满怀欣喜地带领两名同志下乡考察，准备提拔重用。

　　严部长到了三岔乡，又是搞民意测验，又是到基层了解情况，或者组织机关干部座谈，所到之处，一片称赞褒奖之声。无论是干部还是农民、教师，都一再要求严部长不要把张乡长调走。调走了就会影响三岔乡的工作，调走了就会挫伤干部群众的积极性。严部长好久都没见过这样的场面了，见了这么热情的场面他十分激动，有病的心脏也"扑通扑通"响得欢实。捂着胸部，严部长想，这样的干部应该提拔重用，给他一块更大的天地。

　　严部长是个工作认真负责的人，虽然做好了考察工作，他还是担心这背后有什么把戏。派回了两名干事之后，他又坐阵乡政府观察了几天。他想，这几天里如再没有出入，他打算抓一个学习孔繁森的典型，既要他上报上电视，还要他成为全县乃至全省乡镇干部的榜样，为破格提拔铺平路子。

　　三天里，严部长找了许多人谈话，以为有什么新发现。可是，无论他找谁，无论他走到哪里，都众口一词地称赞张三，虽然三岔乡也有一些尾

151

巴工程，虽然去年栽板栗今年栽核桃明年发展银杏，但那是全县大气候造成的，张三也不敢违逆。好在群众理解他，群众也理解政府，干群关系融洽，这十分难得。通过几天的进一步考察，更坚定了他树立典型破格提拔的信心。

严部长回城后，报纸、电台、电视台立即掀起了宣传张三的热潮，张三很快就得到了提拔并委以重任。严部长也因为慧眼识珠获得当年省委组织部的"伯乐奖"，并且到全省各县市巡回作报告，介绍经验，很是风光了一回。

巡回报告一结束，严部长揣着奖金，捧着巨大的奖牌回到单位。当他放下奖牌，还没来得及擦一把汗，秘书就送来近百封落款三岔乡的信件。看着那堆信件，他知道三岔乡的干部群众一定会骂他。但为了工作，他也在所不惜。他虽然有了这种准备，但在拆阅这些信时，他还是吃了两粒"速效救心丸"，他担心群众过激的话语会引发他的心脏病。

吃罢药，严部长就急切地拆信。一封接一封地拆，一封挨一封地看，严部长越看越激动，有病的心脏越来越"扑通扑通"响得欢。原来，这近百封没有一句是骂他的，都是感谢信，都写着一句话：

感谢严部长调走了张三，使我们过上了解放区的生活！

到底没有躲过

接到某局电话后，我就请江乡长接电话。江乡长说我下乡呀，我都一个多月都没下乡了。说着，江乡长头也不回地就走了。

我知道江乡长是躲酒去了。自从一个月前我到这个乡体验生活以来，看到江乡长天天都在喝酒，一天两顿三顿，至少都有一顿，就像民谣说的那样，喝坏了党风喝坏了胃，喝得性欲大减退，老婆告到纪检委。告到纪检委咋了，纪检委不让喝多好哇，可纪检委来了还要陪着喝。这个乡工作干得好，每天的来人都是一拨儿一拨儿的，不是学习取经，就是检查指导，至于取了什么经，指了什么导，只有天知道。我只知道一拨儿一拨儿的人让江乡长把他们灌得浪浪倒了。不放倒不行呀，工作还得人家配合支持呢。

不说别的，就说某局吧，某局按说与乡上业务上关系不大，可某局可以管老百姓，老百姓找到某局办一件事，只要一分钟的业务，往往两三个月都办不下来。于是老百姓只好找乡长，江乡长没法子，江乡长只好找到某局，某局倒是很给面子，几分钟就办了。办了就办了呗，某局却说要来取经，江乡长以为说着玩，就说"欢迎"，没想到真的把人家给"欢迎"来了。

我知道江乡长不欢迎他们，就回电话说江乡长下乡了。而某局还挺厉害，让我赶快联系，他们已经出发了，我只好联系江乡长，江乡长说来了给弄一顿便饭打发了，我去躲躲，干部工资都没钱发放，他们还来凑热闹。

路很差，车却很好，七八十公里的路一个小时就到了。到了就让我找江乡长，我拿起电话一个接一个打，一处挨一处找，自然是找不着。某局长也不着急，就和来人在办公室摆开了牌局。望着他们一脸的不满，我就为江乡长叫绝，心里想，江乡长呀，天黑之前，千万别回来，你不回来，两个干部一月的工资就省下了。

江乡长真的天黑之前没回来，可某局长就熬着天黑之前没回去。我周旋在这帮人身边，也无法和江乡长联系。江乡长天黑以后回来，自以为人走了，得意地一推开门，说人走了吧。谁知道，迎来就是某局长一顿笑骂，某局长说："你乡上的人以后上去办事，门儿都没有。"

江乡长只好哭脸充着笑脸不住气地陪着小心说好话，再把某局长领进了食堂，搞了美美一桌子酒菜。

那一夜江乡长心情不好，拳也不好，伸手就输。直输得喝进去的东西吐出来，局长才高了兴，局长高兴了就拍着胸脯说："以后你们谁去办事，我随到随办。"江乡长听了就笑了，局长拍拍屁股走了。局长走了，江乡长就蹲在地上吐，吐罢了，他痛苦地说："日他家的，到底没有躲过！"

轻 松

　　那桌菜很丰盛，酒也上档次。二人海阔天空侃得粗野痛快，猜拳行令喝得舒心坦荡。张平想，小金是铁哥们儿，几年未见喝得豪爽。小金想张平虽然当了官却没架子，猜拳行令喝得尽兴。小金酒喝得尽兴了出手就大方，"啪"的一声给张平张乡长甩了两条"中华"烟，两瓶"茅台"酒。小金是款爷，千儿八百不在话下。张平是个穷乡乡长，这么高档的烟酒自然还是希罕。于是，和小金又对了三大杯后，拎着烟酒摇摇晃晃地走了。

　　回到家，张乡长兴奋得吼了一阵子秦腔，又喝了两壶浓茶，脑子才清醒。清醒了，他就觉得这次有些蹊跷，心里就有了很大的空格。小金虽说平时出手大方，给他这么高档的烟和酒却是为啥？以前虽说也拿过他不少东西，都不过是三五十块钱。综合这几年官场经验，小金一定是有甚特别棘手的事情要办。于是，张平提着烟酒到宾馆摇醒酣睡的小金。

　　"小金，这次你找我是不是有甚事？"

　　"没事，玩儿。"

　　"老同学了，有事请直说。何必花钱买烟买酒。"

　　"没事，高兴。我这人就爱花钱买高兴。"

　　张平看看手中难得一见的东西，想想小金平日的为人，也确实是这么回事，才把烟酒拎回了家。一回到家，张平又觉得这事儿不妥当，心里的疙瘩又大了。小金虽然平时大方，却是个不见兔子不撒鹰的主儿，放了鹰总有收鹰的时候。他俩是铁哥们儿，没得棘手的事他不会下这么大的饵。于是，他提着烟酒又到宾馆摇醒睡意正浓的小金。

　　"小金，你找我有甚事你说清。为你办事我甘愿两肋插刀。"

　　"没事，玩儿。"

"没事，那你给我买那些烟酒做甚？"

"高兴，就像你在食堂给我弄一桌子酒席一样，高兴，有甚？"

张平一想也确是高兴。想起小金高兴了连女人与别人睡觉都懒得管，拎着烟酒又回了家。可一回到家，他觉得这事儿问题大，心里的疙瘩也大了许多。他想，小金虽说有俩钱，毕竟是下苦力熬出来的。人常说越有钱越抠，小金岂能一高兴就一掷千金。他一定是有甚特别难办的事，不然，他只打一个招呼就对了，何必送礼。再一想自己摆了那一桌酒席一是高兴，二也是为了日后借钱买下的人情，他就更是坚信了自己的判断。他提着烟酒再次摇醒打着香鼾的小金。

"小金，你得给我说清，你到底有甚事？"

"鸡巴事，我在南方做生意，你在北方做乡长，我求你做甚？"

"那你给我买烟买酒做甚？"

"就因为那顿酒，那顿酒把我招待得好。我高兴！"

"小金，你到底有甚事，你给哥们儿说。"

"我有鸡巴事，买木材吧，你山上是光的；开矿吧，地下是空的；贩女人吧，脸上没姿色；办厂子吧，你没电没路。我明天就南下定居了，再不回来，我找你做甚？"

"那你拿那么好的烟，那么好的酒做甚？"

"该死的烟，该死的酒！"

小金骂着，拎过烟酒，"啪"的一声甩在地上，又踏了几脚，那烟酒就和成了一堆柔软的泥。望着那团柔软的烟泥，张平长长地吁了一口气，一身的轻松。

他为什么下岗

喊了几年的事业单位改革，终于不声不响地搞起来了，文创室的人都有了这种感觉。平日里谁都喊着不把这份工作当个啥，现在面临减负下岗了，谁都把它看得比命都珍贵，有事没事都做出一副重任在肩的样子，以示自己工作的重要性。这么一来，反而闲了平时忙得像个陀螺似的余非，得了许多的时间读了好多的书，也写了好多的文章。

其实，余非本该过这种日子。

余非是文创室的创作员，而且是唯一的创作员。当初从学校调来的时候，和善得如同老妈妈似的主任就说，我们文创室五个人，就你一个创作员，就像我们一家子养了你这么一个宝贝儿子，我们都为你服务，都围着你转。可是一上班，事情就变了化，余非这个宝贝儿子刹那间长大了，成了养家糊口的壮劳力。年头忙到年尾，又该是评先进分奖金的日子了，余非又成了不谙世事的宝贝儿子，分得一口剩汤堵住了嘴巴。

好在文创室事儿不多，余非忙完了所有事情之后，还能挤出一些时间写几篇文章。文章发表了，稿费比奖金高出许多；文章获奖了，证书也比单位的大得多亮得多。妻子依旧是满心喜悦，余非也没有生气的缘由，反而觉得生活充实而又惬意。

只是这日子没过多久，事情又有了变化，上级提出事业单位进行改革，减少财政供养人员，确定文创室下岗一人。单位里的老同志经见得多了，就不把它当回事。余非才从教育上改行过来，就显得很着急。按说他是不用着急的，他既是文创室唯一的创作员，又是单位唯一的大学生，而且最年轻，并且在调动时攀上一条硬腿，这岗怎么也轮不着他下。可他觉得自己是创作员，是创作员就得靠作品说话。自己的作品不多，如果改革动了真格的，自己也保不准要不吃凉粉腾板凳。因此，余非想挤出时间多写一点东西。

然而，改革喊开了，事情就特别多，时间反而少。其他同志依旧是三天打鱼两天晒网，指望他这个独苗儿子撑着门面。余非除了做好单位原先的事务外，还忙着写改革方案，听改革报告，学改革经验等，工作量比过去增加了一倍，忙得团团转，好容易挤出一点时间，他不是急着读书，就是急着写文章。幸亏妻子贤淑，家务活一肩挑了不说，还忙着帮助他抄稿子寄稿子。有了妻子的这般帮助，余非的创作激情日益高涨，作品如同温棚里的蘑菇，摘了一茬又一茬。仅去年就发表作品二十多万字，稿费挣了五六千。这在省城名作家面前算不得什么，但在这偏僻小城却是了不得的大事。市长还专门抽出时间接见了他。一时间又是电视采访，又是报纸报道，余非成了本市的新闻人物。

余非这样拼命工作了两年，挣得了一副眼镜也挣得了一身毛病，事业单位改革年初才有点动静，他更不敢松劲，依然是忙完了单位的杂事，又忙着读书，书还没读完又忙着写文章。好在文章已写顺了手，他也有了名气，半年又完成了全年任务，而且还加入省作家协会。这时，单位的改革正式开始了。

今天就是公布下岗人员名单的日子。余非在别人的恐慌中显得很轻松很自信，他想，文创室怎能没有佳作频频的创作员呢？况且他又年轻，又有学历，关系又不比别人差。因此，余非走进会议室大门时，头昂得比谁都高，笑得比谁都美，高兴地和各位同事打着招呼，一脸的得意。

然而，余非的得意并没有持续多久。原来，主任宣布余非下岗了。余非没想到这岗竟下到自己头上，于是，他就气呼呼地质问主任，主任却善巴巴地说："我们没想到动真格的，报你时觉得上级组织不会批准，没想到组织就批了。领导说，你年轻，又有学历，还写得一手好文章，你下岗了好找工作。别的同志都老了，又没能力，下岗了咋办？"末了，主任又说："再说，你就是找不着工作，写文章也能挣钱呀。我们思来想去，还是你下岗合适。"

主任说罢，就盯着余非，余非却痴愣在那里，说不出话。

食物链

　　国庆节前夕，大王拉了一车镇安板栗进了城。大王知道，逢年过节机关单位都爱发东西。这车板栗如果找个大单位一次甩出去，少说也能赚个万儿八千的。

　　于是，大王找到 A 单位余处长。

　　A 单位余处长是个矮胖子。矮胖子余处长看了大王的货后又问了价，很满意。矮胖子处长满意了，大王就很高兴地傻乎乎地笑，笑等矮胖子嘴里吐出大把大把的票子。

　　"这车板栗确实不错，可是我们单位不要。B 单位金处长托我组织一车板栗，我和你到 B 单位。至于价钱么，你每斤加一元，这钱——哈哈哈……"

　　于是，大王就和矮胖子处长找到 B 单位。

　　B 单位金处长是个瘦高个。瘦高个金处长看了大王的货后又问了价，很满意。瘦高个处长满意了，大王就很高兴地傻乎乎地笑，笑等瘦高个处长嘴里吐出大把大把的票子。

　　"这车板栗确实不错，不过我们单位不要。C 单位黄处长托我组织一车板栗，我和你到 C 单位。至于价钱么，你每斤加一元，这钱——哈哈哈……"

　　于是，大王就和瘦高个处长找到 C 单位。

　　C 单位黄处长是个高胖子。高胖子黄处长看了大王的货后又问了价，很满意。高胖子黄处长满意了，大王就很高兴地傻乎乎地笑，笑等高胖子处长嘴里吐出大把大把的票子。

"这车板栗确实不错，不过我们单位不要，D 单位白处长托我组织一车板栗，我和你到 D 单位，至于价钱么，你每斤加一元，这钱——哈哈哈……"

于是，大王和高胖子黄处长找到 D 单位。

D 单位白处长是个小黑子，小黑子白处长看了大王的货后又问了价，很满意。小黑子处长满意了，大王就很高兴地傻乎乎地笑，笑等小黑子处长嘴里吐出大把大把的票子。

"这车板栗确实不错，不过我们单位不要，A 单位余处长托我组织一车板栗，我和你到 A 单位，至于价钱么，我每斤加一元，这钱——哈哈哈……"

大王听到这儿，傻乎乎的笑就凝在脸上。因为他第一个就是到的 A 单位，A 单位并不需要板栗，但小黑子白处长不容置疑地拉着他来到 A 单位。

大王和白处长一回到 A 单位，矮胖子余处长就迎了上来。板栗价钱虽然翻了一番，余处长还是开清了应开的货款。望着手中沉甸甸的货款，大王说："其实，您早说一声就更便宜。"

"能便宜吗？大家都得混一口饭吃呢。"

说罢，矮胖子余处长又甩给大王两条高级香烟。

抄 袭

　　业余作者黄文写了八年小说，总字数已近一百多万了，却无一字发表。他虽然十分难堪，却又痴心不改。仔细研究自己的习作，发现自己作品大多属于可发可不发之类，又没哥们儿姐们儿相助，篇篇都落个"必不可发"。于是，黄文一边埋头苦读中外名著提高自己，一边广泛搜集文坛信息，意欲找到一条发稿捷径。

　　黄文封笔三年，潜心研究，终于明白自己作品不能发表的主要原因是抄袭之风盛行于文坛。况且，抄袭之作篇篇都是好东西，编辑自然是慧眼识珠，岂可让自己的瘪谷子填补了那有限的版面败了读者胃口。但黄文却不死心，便改行做了侦探，专门揭露文坛抄袭剽窃之类的卑鄙勾当，以净文坛风气，以求那帮小人让出板凳，自己再去吃凉粉，做个响当当的作家。

　　黄文侦破的第一例案子是一个里通外国案。一个老外头发未染，胡子没刮，叛亲离宗改了中国姓，取了中国名，堂而皇之登上某大刊物头条，唬得国人一惊一乍的。黄文本来擅长幽默讽刺，就写了一封嬉笑怒骂机警调皮而又妙语如珠的侦破笔记寄给编辑部。后来，那家杂志就把他那封信刊登了。"黄文"二字亲切醒目得让人舒坦。黄文愈想愈高兴，做侦探的决心就更加坚定了。黄文很聪明，很快掌握了抄袭、剽窃之流惯用的伎俩：总是"引进外资"、"洋为中用"，或者"古为今用"，让古人脱下长衫穿上西服，或摇身一变成为港澳台胞，要么是走南闯北实行战略大转移，总之都是在时间和地域上玩把戏。既然摸清了门路，黄文就一发而不可收。半年就发表大作五十篇，比刘立勤发表五十篇小小说的稿费还高出一倍。况且，黄文写信又注意锻炼自己。揭发信因人因文或讽刺或调侃或婉约隐讳或明了犀利，感情饱满深刻，远比他的小说引人入胜。并且，还不时收到读者来信，还结识了一大批"欢迎赐稿"的编辑。也活该黄文财运亨通，抄袭、剽窃者愈发多了起来，黄文大有成名的迹象。

可这时，黄文出事了。事情出在他声情并茂的第一百封信上。

那封信是写给本市那家自诩为"发现和培养本市文学新人为己任"的刊物的。刊物很快登出，很快寄来稿费。正在他等待编辑来信"欢迎赐稿"时，编辑部来了封公函，有人检举他抄袭了别人的揭发信，让他"迅速退回稿费、写出书面检讨、报刊公开刊登"。

黄文拿出编辑部寄来的复印件和原稿仔细核对，无论是结构、遣词造句、标点符号、甚至排版、字号都一点不差。黄文虽未抄袭，却又自叹苦无证据无法解释，在退回稿费之后就写了封诚恳亲切的检讨。检讨写好了，他又不敢寄出。他担心检讨发表后弄得日后改行专写检讨，那就惨了。

苦命的人

C 君的妻子在乡下工作，C 君一直想把妻子调回城里。C 君既没权又没钱，还没有什么能耐，他想，这事只好求助局长了。可怎么给局长说呢？他就犯了难缠。自己和局长关系一般，工作又稀松平常，他张不开口。话虽说不出口，事儿还得要办，他思来想去，觉得给局长送一份礼才好说。

可 C 君没给局长送过礼，咋个送法，他又没了主意。他想，这礼品啥的都好说，这不年不节的给局长送个甚礼？即便等到端阳，或是到了中秋，与局长非亲非故，又如何进得了门？再说，局长要是不要呢？要是县长在局长家呢？或是局长把东西送到纪委去了呢？没了脸面都是小事，事情就彻底砸了。

他虽然没想出法子，可事情不能再拖了，礼还得送，怎么送呢？他终于想出办法，他希望局长家尽快发生一件什么大事，局长家出了事，他就有了送礼的理由。那么，应该出点什么事呢？他想那当然是喜事。喜事么，自然是女儿出嫁，儿子结婚。而两个孩子又太小，局长升了官，发了财，或是结二道婚，好像也不行。局长结二道婚吧，又有新的亲友要安排，升了官，局长就走了，发了财，这礼又没法送，弄不好喜事他占了一箩筐，而自己甚都没有。无奈之余，C 君只好期望局长出倒霉的事。因为人有喜事容易得意忘形，出了坏事才会同情别人。

于是，C 君希望局长出门遇见车祸，摔伤一条胳膊，在家里煤气罐爆炸，炸掉一根指头。总之，能想象的坏事他都想象到了，见了局长他虽然是一脸笑，而心里已把局长打得鼻青眼肿哭爹叫娘卧床不起了，可局长就是不察民意，屁事没有。

C君巴望了一阵子，局长还是局长，而且越盼越兴旺，他觉得局长运气正红，八字正旺，他就改变咒骂大方向——去咒骂局长太太。局长太太刁钻蛮横又丑又贪，他就盼望出现的效果越来越厉害，他巴望局长太太做饭时菜刀切了手，他期望局长太太出门时碰了电线杆。总之，该想的都想到了，该骂的也都骂了，可局长太太好像专门与他过意不去，而且越活越年轻，越活越风光，全没有半点背时的征兆。

局长太太没有半点背时的征兆了，他不得不违心地骂了几天局长的孩子，孩子没事，他又把希望寄托在局长家老太太的身上，虽然他极不情愿，却又不得不这样。

也许是老太太年龄大了，也许是老太太体谅了他的苦衷，不几天老太太就病了。老太太一病，C君就赢得了机会。于是，他怀着忏悔的心情买了重重的礼品准备探望时，局办主任派他到省城给老太太买药。C君一听，甩了东西就直扑省城。

可惜C君运气不佳，他一到省城就被小偷盗了包。待他历尽艰辛四处借钱买回药时，老太太已提前死了，老太太死了，局里局外都送了重礼，只有C君在省城没有回来。

爱情越来越复杂

——试论刘立勤的爱情小小说

芦芙荭

小小说，由于篇幅短小，取材范围广泛，作家的作品就很难固定在某个面上。在中国当代小小说作家中，除了孙方友以陈州为背景写了大量的土匪题材的作品外，其余的，就选材领域来说，都比较杂，很难对其作品进行归类。当然，每个作家在创作的过程中，也都有他的倾向性，某类题材的作品多一些，从而逐渐形成他创作的主体方向。比如作家刘立勤在写了大量的其他题材的小小说作品的同时，有意用小小说这种形式，对爱情题材方面进行探索。

爱情，是个亘古不变的话题。从古到今，优秀作品举不胜举。比如《牡丹亭》中的柳梦梅与杜丽娘游园惊梦般的潇洒爱情故事；比如《西厢记》里的张生与崔莺莺的有情人终成眷属的故事。这些凄婉动人的爱情故事，既给我们后人的创作树立了典范，无疑也给后人的创作设立了一道无法逾越的障碍。尤其是小小说这种新型的文体，它的篇幅短小，不能设置大起大落的情节，不能做那种撼天地、泣鬼神的描写，它只能靠一系列的作品，围土成堰。刘立勤在这方面的探索，无疑是成功的。

刘立勤的爱情小小说创作，我们可以把它分为三个阶段。

第一阶段，是他早期创作的爱情小小说作品，我们可以把它归纳为对传统爱情观的坚守期。

这个时期的作品以《女人》《揭不开的红盖头》等为代表。传统的爱情观，时时地就在他的作品里闪现。全都在为坚贞的爱情而讴歌。一个人爱上另一个人，就得从一而终，就得生是他的人，死是他的鬼。就得为他守节。《女人》中的女人，男人在一次给她炸鱼时被炸死了，女人靠着门，一等就是二十年，甚至等她那长大了的女儿死了男人，她也要女儿像她一样，生下肚里的孩子，为男人守节。同样的，在《揭不开的红盖头》中，五婶在新婚之夜入洞房时，五叔被抓了壮丁，五婶就顶着那红盖头等了五叔一生，直到死。

刘立勤出生在20世纪的60年代，他出生的十多年前，刘家还是当地最大的地主。他们家居住的房子都是庄园式的，被称作刘家大院。刘立勤未能目睹家族兴旺时的情景，他出生时，刘家大院已被分割成无数的小单元，住进了贫下中农。大杂院，总是有能人的，他们能讲孟姜女哭长城的故事，能讲梁山伯与祝英台的故事。这些传统的民间爱情故事，在不觉之中，渗透到了刘立勤的思想中，他早期小小说的爱情观也许正来源于此。

这些爱情小小说在结构上，也有相通之处：两个人相爱了，要结婚时，一方却出了意外，另一方就为他们的爱去坚守。

稍后，刘立勤的爱情小小说作品又有了些微的变化。首先是在小说的结构上，男女双方都出现在了小说中，彼此都爱上了对方，却不知该怎样去向对方表达爱，或者都在等待着对方向自己传达爱的信息，直到最后两个心心相爱的人错过了爱的机会。我们暂且把这称为被动式的爱情。如《永远的隔壁》《征婚》等。《征婚》中的柳喜欢上了女孩小雨，却因年龄的关系，不敢把这份情感表达出来。但他也知道小雨是爱着他的，就想了个办法——征婚，并把他的这个想法告诉了小雨。他是希望爱着他的小雨来阻止他的这个行动。没想到小雨没有阻止他不说，还祝他成功。柳的征婚启事刊出后，收到了许许多多的应征信，他因心里有着小雨，这些信他竟然一封也没拆。直到小雨结了婚后，他才知道，其实小雨也写了应征信。

阴差阳错，是这类爱情小说的主要结构方式。小说也多是以悲剧的方式结尾。但纵观这一时期刘立勤的爱情小小说作品，主人公的爱情都是那么的纯真，没有掺杂一点爱情之外的东西。爱情就是爱情，没有爱情以外的附加条件。

人们的生活越简单，爱情也就越单纯。

第二个阶段，大约从 20 世纪 90 年代末期到 2003 年，我们把他这期间的爱情小小说作品称为爱情迷茫期。

这个阶段的爱情小小说主要以《纯情女子》和《碎片》为代表。

这个时期，刘立勤正好走出了他生活了二十多年的刘家大院，到乡镇工作，他开始做文化干事，后来又当镇政府的文书。生活的改变，让他接触到了更多的形形色色的人。传统的爱情观在现实面前开始一点点地破碎，像春天的冰一样慢慢地化去。他开始认识到了爱情的复杂性，爱情除了爱情本身之外，还会有许多附加的东西。

《纯情女子》中，林从南国回小城后，想在小城找到自己的爱情。妲是林在小城里找到的唯一的一个淑女。妲不仅长得可人——清纯如水，气质也不凡，还是名牌大学毕业。这样的女孩可真算得上完美无缺的了，没想到，妲原来沦落风尘，做了小姐。妲究竟是怎样走上这条路的，小说是没有说，但从这里我们已开始看到了刘立勤对传统爱情观的动摇。

同样的，在《碎片》中，我们看到了，爱情在金钱面前的步步退缩。老石年轻时喜欢一个叫美玉的女子，可因为拿不出两千块的彩礼钱，美玉嫁给了公社书记的儿子。十八年后，在山西大发了的老石怀着对美玉的梦想回来后，美玉的女儿已长大成人了，而美玉呢，也和公社书记的儿子离了婚。老石去美玉家想续前缘，没想到美玉却说出了这样的话："你的心思我知道，红玉（美玉的女儿）也大了，……我老了，也干不了活，你给十万八万的，就可以把红玉领走。"

巴尔扎克说过，"金钱搅在爱情一块儿，不是太丑恶了吗？"可现实就是如此。刘立勤不得不对爱情产生怀疑，产生迷惑。爱情为什么在权贵、在金钱、在名利面前是那么的不堪一击？

这也是所有人的疑问，刘立勤显然也没有办法找到答案。

第三阶段，是 2003 年以后的爱情小小说作品。这个时期，刘立勤试图从他的作品中为爱情找到一点出路，我们将其称为探索期。

爱情真的就被金钱、权贵、名利绑架了吗？这个世界真的就没有了纯

永远的隔壁

情之爱了？带着这样的困惑，刘立勤开始了他的爱情小小说创作。他希望他小说的主人公能从现实中清醒过来。这个时期的作品主要以《今夜无人喝彩》《一个完美主义者的爱情》为代表。

在《今夜无人喝彩》中，主人公田歌是一个新潮的女孩。她的身边总会围绕着许多护花使者。有手握权柄的主儿，有腰缠万贯的主儿。田歌穿梭在这些人当中，自然是如鱼得水。平安夜，田歌在商场看上了一件黑色的真皮旗袍，突然想起了作家的话，"你美得我恨不得把你吃了。"她就掏出手机想找一个男人来为自己的美丽喝彩，分享她的喜悦。可她掏出手机却没有找作家的电话，而是找给了一个叫大头的老板。因为作家虽然是一个浪漫主义作家，但田歌却是一个现实主义的读者。没想到大头接了电话，却说有生意要谈，让她买了衣服明天凭发票报销，就挂了电话。田歌又找电话，但还是没有打给作家，她打给了一个经理。经理答应出钱，也不愿意出来，因为他要陪自己的老婆孩子过平安夜。田歌就这样一个个电话打下去，结果几乎一样。最终，田歌不得不把电话找给了那个作家。因为她现在是要一个男人来为她的美丽喝彩，而作家的喝彩也是最好听的。可作家接了电话却说要陪女朋友过生日。田歌问作家：你不是说我是你心中永远的爱人吗？作家说，但我需要一个真心关心我的人。

也就是这句话，让田歌明白了："女人最美丽的时刻，应该献给自己最爱的男人；只有自己最爱的男人才有最真诚和最真切的喝彩。"可田歌身边有这样的男人么？有谁能为自己来喝彩呢？——一个在爱的迷茫里的女人，在这个平安夜突然觉醒了。

《一个完美主义者的爱情》中的大威，之所以有那样悲惨的结局，完全是因为他对现实中的爱情的认识太清醒了。他虽然长得高大威猛，且又帅气逼人，但他同时又明白现实中的爱情已被金钱、权势、名利所绑架，即便是有许多人获得了暂时的爱情，但最终还不是因为这种种原因分道扬镳了？也许大威正是看透了这些，才认识到，只有改变了这一切，谈婚论嫁才算完美。可现实生活中又有多少人能做到这样呢？大威做到了吗？

这时候，刘立勤的爱情小小说已由迷茫开始对现实生活中的爱情发出了拷问。开始了去对爱情的含义进行深层次的探讨。

但经过一番挣扎后，刘立勤还是迷惑了。真正的爱情应该是高尚的，是浪漫的。浪漫的爱情可以不食人间烟火，但爱情又是世俗的。世俗的爱情就是结婚生子，就是过日子。而当爱情具体到这些的时候，人们又怎能超脱得了呢？比如《游戏》中的秘书小黄，当女老板的游戏结束之后，他不还是抛妻离子和女老板结合了吗？

　　评论家冯辉先生说过："男人与女人的心理是太复杂了，无怪乎被理论家称之为内宇宙。"爱情是由男人和女人构成的，自然爱情就更复杂了。但愿作家刘立勤能为他笔下的主人公们找到一条理想的爱情通道。

戳破心灵上的白纸

熊申静

读了《小小说选刊》1995 年第 3 期刘立勤的《永远的隔壁》，不禁使人想起了我国现代著名作家钱钟书的一句名言："婚姻就像一座围城，城外的人想进来，城里的人想出去。"在这篇一千余字的精短小说中，作者以其尺水兴浪的艺术功力，淋漓尽致地表现出了人类爱情关系的微妙性和复杂性，让人体会到了一种独特的人生况味。

许是出于使故事更具有概括力和针对性的考虑，小说中的两个主要人物都隐去了姓名，而统称为"男人"、"女人"。作者没有明确交待这对夫妻分居的缘由及其背景，却集中笔墨大肆渲染他们之间那种藕断丝连的关系。你看，虽然他们分手了，却并没有劳燕分飞，而是将原来的套房一隔为二，依然厮守在同一个屋檐下。更令人惊奇的是，"房子的间墙上有一扇窗，窗上糊着张白纸……况且窗上又没栓子，毫不费力就可以推开。"这说明，"男人"与"女人"之间并没有情尽缘绝，相互都还保留着一丝和好的希望。在长达五年的相互期待和煎熬之中，他们都痛苦地反省着自己。然而遗憾的是，"女人弄不明白为啥去了窗户安上门，男人也不明白为啥拔了门安上窗户。"这就不可避免地产生了悲剧：他们俩谁都没能主动地推开这扇窗户、戳破这张白纸，以求得相互的原谅与和解，本该是幸福的时光被白白浪费。

"男人"与"女人"对峙的结果是那扇曾经维系着他们的感情又使他们无限失望的窗子终于被堵死了，他们都各自重新组建了家庭。然而，等待他们的却是另一个更深的婚姻陷阱。

小说通过对男女主人公之间那种爱而不得、欲说还休的矛盾复杂心态的生动刻画，营造出了一种凄婉、悲凉的氛围。一咏三叹，令人回肠荡气。作品中的那扇窗子、那张白纸寓意精深，它不仅仅象征着人类爱情关系中男女之间的心灵和情感隔膜，大而化之，作者还试图借此说明：现代工业社会和商品经济给人类造成的精神荒芜——人与人之间缺乏交流和宽容、人们的心理敏感、情感冷漠和思想自私等等，已使人类陷入了进退维谷的生存困境。而要改善人类的爱情关系，首先就必须改变这种大环境、大气候，戳破隔膜人们心灵的那张白纸，使人人都充满爱心——这恐怕就是小说所给予人们的警示吧。

拯救灵魂

——解读《一个完美主义者的爱情》

廖锡其

什么是完美？可能一百个人会有一百种不同的答案。据《现代汉语词典》的解析："完美，完备美好；没有缺点。"你想完美吗？相信只要脑髓里没有贵恙的人的回答都是肯定的。你是如何追求你心目中的完美呢？读完微型小说《一个完美主义者的爱情》，也许某些人会有所动摇。

《一个完美主义者的爱情》这篇微型小说表达了这样一个主题：生活完美与否的关键看你怎么认为。小说以第三人称叙述，以见证者的身份旁白了主人公大威从大学生到成为一个经济上、政治上一个有头有脸的人物的成功历程的故事。

小说一开头就交代大威生得"高大威猛，帅气逼人"，短短的几个字，就把大威的轮廓勾画出来，给人一个"完美"的形象，紧扣题目。如此英俊的帅男子，定然会得到不少"秋天的菠菜"。谈恋爱似乎是大学的一门必修课，但大威却坚持反对，表现出"不可思议的理性"。这或许是明智的，用大威的话来说："我现在什么都没有，我有什么资格去谈恋爱呢？"大学毕业后，好的工作有了，"玉女"白姑娘前来匹配，却又被拒绝，自认为"自己是个平头百姓"，没钱，没名声。后来，"目标"得以实现了，白姑娘却在郁郁寡欢中嫁人了。幸好，大威还有"自知之明"——原来是白姑娘不符合自己的完美标准。否则，完美的一生就会被白姑娘葬送了。奉着"美丽是第一，学识和风度应是第二，再后来应有一定的家庭背景或者声望，还有就是要有一定的财富"的标准，大威下海了。俗话说："有钱能使鬼推磨嘛。"大威又在商海里混得风生水起，钱有了，却仍没有找到"完美的伴侣"，也许在政治上也该捞一捞、闯一闯。凭着自己的那支尚未被尘封的笔头，捞了个"文联副主席"，并以此为跳板混了个"副市长"。地位有了，钱有了，名声有了，豪宅名车都有了，完美的爱情也该有了吧？可是在"最完美的爱情到来时，自己竟然阳痿了"。

　　读完这篇小说，我们该为大威的遭遇表示同情呢，还是表示批评？也许都应该吧。为什么大威会阳痿？小说似乎没有明说，但从大威追求完美的一生中可以找到原因。大威一生如此孜孜不倦地追求完美，其除了爱情外都可以说是完美的。连诗神缪斯都"委身于他"，为什么老天爷却不能成全他？这就是小说所要揭露的。其实，大威在追求完美的一生中，无不表现出自卑的心理，"我现在什么都没有，我有什么资格去谈恋爱呢？""自己是个平头百姓，既无金钱，又无名声，甚至连一套住房都没有，自己能给她带来什么呢？""虽然有了几个钱，政治上却没有什么地位，写作上也没有什么进步。"大威长年在这种自卑变态心理的蛊惑下，成就了他的金钱政治人生，却严重违背了爱神维纳斯的意愿。

　　小说以理想化的笔调概述了大威除爱情外的完美的一生。大威一生孜孜不倦地追求完美，可他的灵魂早已被"完美"的恶魔吞噬了。表面上看似完美，其实质是"金玉其外，败絮其中"。物质生活的丰盛，精神生活的空虚，尤其是爱情方面的严重匮乏，说句不好听的话就是 IQ 超标，EQ 先天畸形。曾记得有这么一句话："哀莫大于心死。"哀无疑比心死更严重。表面上看来大威的心没有死，其实他的爱情之心早被金钱权力压死了。

　　小说就大威追求完美的一生，作了多方面多角度的展示。其实，在我们的生活中，每每会听到这样的声音："我不行"，"我还得努力"，"我委实不够条件"，等等。乍一看去，这些话语好像都是其勤奋向上的动力，如果能够正确地看待，的确可以算是"苦难是成功的垫脚石"，但是很多人往往只看重只追求某些方面的畸形变态的发展，而忽略了其他方面的全面发展。"金无足赤，人无完人。"完美与否，取决于你如何看待。只要我们有一颗健全的心，正确地看待自己、欣赏自己，相信完美之花会绽放得越来越灿烂！

一篇微型小说就爱情这个陈旧而又新鲜的话题，作了"旧瓶装新酒"从另一个角度去审视爱情，继而从另一个角度去审视我们的生活，铺展得相当广阔。这也许就是这篇小说成功的重要原因吧。

结缘小小说

刘立勤

　　回忆自己少年时代的梦想，我从来没有想过要写小说，更不用说是小小说。最大的希望似乎是做个地理学家或是探险家，或者像罗伯特·凯金一样身背旅行包，手握相机，行走在天地之间，领略大自然那说不清道不尽的韵致。然而，由于命运所迫，我不得不放弃少年时代的梦想，回到家乡一个非常闭塞的小山村里做了一名代课教师。

　　因为生活的单调，我渐渐热爱上了读书，常常被书里虚构的故事感动得泪眼迷离。就这样读得多了，心里就有许多的话需要倾诉，也想把自己对生活的向往、爱情的渴望记录下来，讲述给别人，如毕淑敏所说："因为我要说，所以我要写。"可我迟迟不敢动笔。直到1991年初夏，我听说了一个美丽爱情故事宣告结束的时候，我终于写出了我的第一篇小小说《女人》，把她寄给了《百花园》，金秋9月《百花园》杂志刊发了她。自此我踏上文学之路，与小小说结下了不解之缘。《女人》的发表，使我觉得自己很聪明，立马又写了许多自以为是的小小说的东西四处投寄，结局可想而知。这时候我感觉得到文学之路是何其难，小小说是多么难以经营。正当我感到十分渺茫和失望之际，1992年第9期《百花园》又刊发了我的第二篇小小说《揭不开的红盖头》，我犹如濒临死亡的心脏病患者又被打了一针强心剂，对小小说充满了信心和希望，我又写下《永远的隔壁》《放牛的三爷》等一些小小说，相继发表或被《小小说选刊》转载。随着这些小小说的发表和转载，我的生活境遇也发生了很大的变化，我由一个乡村小学的代课教师成了乡（镇）文化站干部，继而成为县文化馆的文学干部，继而被人称之为作家。这是我当初写小小说时没有预料到的，也是许多人没料想到的，这在许多人的眼里也许是微不足道的，但这对于一个农民的儿子，也仍然是一个农民的我来说，我深感十分的荣幸和自豪。因此，也常常想用自己的秃笔写出更多更好的小小说，以回报带给我好运的小小说。

无疑，我是一个懒散的人，我把有限的时间浪费在一些无谓的娱乐和交往之中，我的小小说写得很少，但我总想把自己的小小说写得很美。我喜欢作品中那种对美的追求、对爱的执著、对善良的礼赞。生活中固然充满了真的、善的、美的事物，但我们经见更多的记忆最深刻的多半是假的、丑的、恶的东西。作家固然要去揭露那些假丑恶净化社会，作家也更需要营造一个真善美的世界陶冶人的性情。鲁迅无疑是伟大的，可我更喜欢沈从文。现实生活中经见了太多的战乱、屠杀、眼泪、绝望，但我们的精神生活更需要湘西那方没有血腥又充满温情的净土。于是，我在自己的小小说创作中总是坚持其纯文学性，有意无意地描写人们对美、对爱、对善良的追求，或悲或喜，它们终究是我们生活永远追求也永远需要的东西。虽然这种坚持和追求有时非常艰难，但我依然选择坚守。

我知道自己写得很少，而且还很不好，但我相信将来会写得比现在好，也许会更好，因为我和小小说已经结下不解之缘。

创作年表

（主要作品）

1991 年

《女人》获"庆祝建党 70 周年"全国小小说大赛优秀奖。

1992 年

《揭不开的红盖头》获第二届全国小小说大奖赛优秀奖。

1994 年

《同顶一方天》《遗言》《一坛甘蔗酒》《八爷》《蛮子和蛮子他哥》等发表在全国小小说刊物。

《永远的隔壁》入选《小小说选刊精华本》《纯情小小说选》等文集。

1995 年

《绝技》《永远的粮食》《玫瑰误》发表在《微型小说选刊》等文学刊物。

1996 年

《抄袭》《食物链》发表在《小小说选刊》等文学刊物。

1997 年

《犁地》《放牛的三爷》《狗·诗人·画家和老向导》等发表在全国小

小说刊物。

《四奶》荣获《飞天》精短小说大赛优秀奖。

1998 年

《爱人有病》《爱的诺言》《清河镇的雪儿》等发表在《小小说选刊》等全国小小说刊物。

《有虫眼的豆子》荣获商洛地区文学作品奖二等奖，入选《新中国 60 年文学大系·小小说精选》等选本。

1999 年

《六指的爱情》《恋爱中的男人》《征婚》《恋爱中的女人》《拐伯的牛》《与美女为邻》等发表在《小小说选刊》等全国小小说刊物。

《叫我一声"哎"》入选《1999 年度最佳小小说》，获《小小说选刊》1999 年—2000 年度优秀作品佳作奖奖，入选《小小说选刊 15 年获奖作品精选》，相继被译成英文、日文，并入选日本大学教材。

2000 年

《考察》《他为什么下岗》《到底没有躲过》《难逃美色》《苦命的人》等发表在全国文学刊物。

《守林子的树桩》荣获江苏省第十一届报纸副刊优秀作品奖二等奖。

《村长家的猪》转载于《佳文型小说选刊》《幽默小小说精品》，入选《2000 年度最佳小小说》等选本。

《名字》荣获《百花园》"幽默传奇小小说大赛"优秀奖。

2001 年

《碎片》转载于《短篇小说·选刊版》，入选《2001 短篇小说佳作》。

《老坎的麦田》《百家被》《狼》《小女孩与小鹿》发表在全国文学刊物。

《回乡》荣获中国首届微型小说大赛二等奖，入选《2001 年度最佳小小说》《百年经典·小小说精读》《中国当代小小说排行榜》等选本。

2002 年

《愚人节的玩笑》《没有篱笆的果园》《新年的饺子》等发表在《小小说选刊》。

《打锦鸡》入选《小小说金榜》等选本。

2003 年

《请求》入选《小小说金榜》《2003 年佳文型小说名刊佳作》《2003年度最佳小小说》等选本。

《一支钢笔》《街亭保卫战》入选《小小说金榜》《2003 年度最佳小小说》《关于成长这件事》等选本。

2004 年

《报答》《童非的雪莲》《红樱桃》等发表在《微型小说选刊》。

《一个完美主义者的爱情》入选《中国最佳微型小说》《小小说大智典》。

2005 年

《回家过年》《爱情不在服务区》等发表在《小小说选刊》。

《下雪了》入选《2005 年度最佳小小说》。

2006 年

《刘三进城》《红樱桃》等发表在全国文学刊物。

2007 年

《夏天的夜晚》《后主刘禅》《天池》等发表在全国文学刊物。

小小说集《刘立勤小小说》出版。

永
远
的
隔
壁

2008 年

《相亲》《温暖的冬天》《守望》《名字》等发表在全国文学刊物。

《正月里来正月正》入选《2008 年度最佳小小说》。

2009 年

《铁匠铺》《麦子黄了》《前湾的老汉》《佛山探佛》等发表在《小小说选刊》。